인생당 서점

미래가 불안하게 느껴지는 청소년을 위한 진로 소설

인생당 서점

사이토 다카시 지음
김윤수 옮김

라임

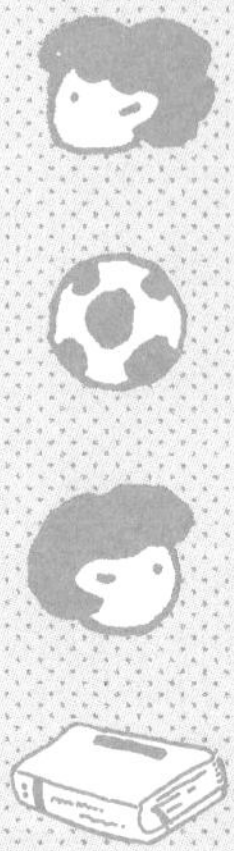

차 례

메시와 고흐의 아침 풍경

다시 봄이 찾아왔다. 아주 약간 불안하면서도 뭔가 새로운 일이 시작될 듯 설레는 계절이다. 이 거리에도 그런 싱숭생숭한 기분에 빠진 형제가 살고 있다.

우선 동생부터 소개하면 '메시'다. 메시는 별명이고, 진짜 이름은 아유무〔步〕이다. 올해 중학교 2학년이며, 축구 클럽 팀 주니어 유스에 소속돼 있다. 장래 꿈은 프로 축구 선수! 집 근처 산책로를 뛰는 것이 하루 일과다. 걷는다는 뜻을 지닌 이름처럼 자신의 미래를 위해 묵묵히 성실하게 노력하고 있다. 성품이 착실하고 정의감이 강해 학교에서도 인기가 꽤 많다. 키는 반에서 중간쯤이며, 허벅지와 엉덩이가 근육질로 다부지다.

형은 '고흐'다. 진짜 이름은 히카리〔光〕. 올해 고등학교 2학년으로, 미술부와 배드민턴부에서 활동한다. 장래 꿈은 화가 또는 만화가!

동생 메시와 달리, 팀 활동을 좋아하지 않는다. 의외로 수다스러운 편이어서 친구가 많지만 틈이 날 때마다 그림을 그린다. 키가 쑥쑥 자라 180센티미터가 훌쩍 넘는다. 전체적으로는 호리호리한 편이다.

형제는 엄마와 같이 살고 있다. 아빠는 가족과 꽤 오랫동안 떨어져 지내고 있는데, 자세한 사정은 이 이야기의 마지막 부분에서 알 수 있다.

형제가 사는 동네는 번화가에서 전철로 이십 분 정도 떨어져 있는 곳이다. 집 근처에 커다란 강이 흐르고 있으며, 녹음이 제법 울창하게 우거져 있다. 고요한 주택가의 오래된 단독주택에 사는 그들의 아침 풍경을 살짝 들여다볼까?

어라, 엄마가 가장 먼저 일어났다. 집에서 글 쓰는 일을 하는데, 어젯밤에도 늦게 잠자리에 든 모양이다. 아직 졸린 듯 두 눈을 감은 채 커피 원두를 드르륵드르륵 갈고 있다.

그때 마침, 메시가 조깅을 마치고 집으로 돌아온다.

"거기서 양말 벗지 말랬지?"

엄마는 메시가 항상 거실에서 양말을 벗는 게 못마땅한 눈치다.

"조금이라도 빨리 해방되고 싶어서 그래요."

"세탁실에서 벗고 그대로 바구니에 넣으라니까."

매일 아침 되풀이되는 대화다.

그즈음 고흐가 일어나 거실로 어기적어기적 걸어 나온다.

"흐아암, 아침부터 왜 이렇게 시끄러워?"

늘어지게 하품을 하면서 부스스한 머리 꼴 그대로 식탁에 앉는다.

형제는 둘 다 성적이 나쁘지 않지만 잘하는 과목과 못하는 과목의 차이가 꽤나 심하다.

메시는 수행 평가에서는 그런대로 괜찮은 점수를 받지만 지필 시험을 볼 때는 성적이 뚝 떨어진다. 특히 수학은 "이런 거 몰라도 사는 데 아무 지장 없잖아?" 하고는 고개를 갸웃거릴 때가 많다. 체육이나 음악 등 실기 비중이 큰 과목은 성적이 아주 높은 편이다.

고호는 초등학교 때까지는 교과서와 공책이 온통 낙서투성이였다. 수업 중에도 그림을 그리기 시작하면 선생님 목소리가 귀에 들어오지 않는다나. 학부모 상담 시간에 새로 부임한 선생님이 "아무리 주의를 줘도 수업 중에 계속 그림을 그리고 있어요." 하고 울음을 터뜨린 적이 있다. 지금은 인문계 공립 고등학교에 다니고 있는데, 성적은 전반적으로 우수한 편이지만 국어 과목에서 독해력이 좀 떨어진다.

엄마는 두 아들이 각기 자신이 좋아하는 길을 선택하기를 바란다. 그런데 딱 한 가지 걱정이 있다. 책을 별로 읽지 않는다는 것!

아무튼 엄마와 고호, 메시, 세 사람의 떠들썩한 아침 식사가 시작되었다.

오늘은 새 학년의 첫 등교 날이다. 고호는 메시가 다니는 중학교 근처에 헌책방이 생겼다고 하면서, 만화책을 싸게 살 수 있는지 알아보러 하굣길에 들르겠다고 하는데…….

1

내 포지션은 아직 벤치

자기실현과 우정

새 학년이 시작되어서 그런지 유인물이 유난히도 많았다. 앞자리에서 쉴 새 없이 넘어오는 유인물 가운데서 한 장을 빼낸 뒤 나머지는 뒤로 돌렸다. 그러다 메시는 불쑥 이렇게 중얼거렸다.

"로봇이 이런 기분일까?"

"뭐라는 거냐?"

폰타는 아무 생각 없이 되물었고, 료는 언제나처럼 타박을 주었다.

"야, 넌 맨날 어떻게 그렇듯 쓸데없는 생각만 하냐?"

유치원 때부터 친했던 폰타랑 료랑 같은 반이 되었다. 출석 번호 순으로 메시 앞자리에 폰타가, 오른쪽에 료가 앉아 있었다.

"반이 바뀌어도 어떻게 된 게 그 얼굴이 그 얼굴이냐?"

폰타가 투덜거렸다. 맞는 말이다. 대부분 같은 초등학교에서 올라오기 때문에 2학년이 되어 반 배정을 새로 해도 남학생 여학생 할 것 없이 죄다 아는 얼굴들이었다.

"인공 지능이 다 해 주는 세상인데, 유인물을 왜 이렇게 많이 나눠 주는 거야? 그냥 메일로 한꺼번에 쫙 보내면 되잖아."

료는 삐딱한 것 같으면서도 날카로운 지적을 잘했다.

"잔말 말고 빨리 뒤로 돌려. 앞에 유인물 쌓이잖아. 나, 빨리 동아리반 가고 싶단 말야."

폰타가 재촉했다.

폰타는 농구부인데, 몸집이 통통한데도 움직임이 제법 날랬다. 농구를 할 때면 생기가 넘쳐서 마치 공이 통통 튀어오르는 것 같았다. 1학년 때부터 두각을 나타내서, 지금은 공식 경기에서도 벤치를 확실하게 차지했다. 성격이 밝아서 보고 있으면 기분이 좋아지는 녀석이다.

료는 핸드볼부지만, 이름만 걸어 놓은 유령 부원이다. 작년 봄에 새로 생겼기 때문에 선배가 없어 편할 것 같다면서 일부러 들어갔다. 그런데 료의 생각과 달리, 담당 선생님은 사뭇 진지했다.

"핸드볼하고 싶지 않은 녀석은 안 와도 된다."

그 말에 료는 "네, 그럼 안 나올게요." 하고 반사적으로 대답했다. 그 뒤로 수업이 끝나면 곧장 집으로 가서 명문 고등학교를 목표로 공부에 전념하고 있다. 말끔한 외모로 여학생들에게 인기가 많은 편이지만 진짜 얼굴을 아는 사람은 거의 없다.

메시는 두 친구의 대화를 흘려들으며 바람에 벚꽃이 휘날리는 창 너머로 시선을 보냈다. 이제 벚꽃도 끝물이다. 교문 근처로 하늘하늘 날아가는 꽃잎 한 장을 눈으로 좇았다. 그러다 불현듯 도로 맞은편에 새로 생긴 헌책방이 눈에 들어왔다. 책이 펼쳐진 모양의 간판에 책방 이름이 적혀 있는 것 같은데 거리가 멀어서 잘 보이지 않았다.

"아아, 저긴가? 아침에 고흐 형이 말한 헌책방이……."

그전부터 있던 오래된 주택을 리모델링한 모양이었다.

학교 주변에 있는 가게라곤 당장이라도 쓰러질 것 같은 문방구와 초등학생들 아지트 같은 과자 가게, 학교에서 지정한 교복과 체육복을 파는 교복점이 다였다. 이 주변에는 서점도 없었다. 역 앞에 있던 서점은 이미 일 년 전에 문을 닫았다.

"료, 저 헌책방에 가 본 적 있냐? 이따가 들러 보자."

"옛날 책이 뭐 재미있겠어? 게다가 넌 축구 책밖에 안 볼 거잖아. 차라리 인터넷으로 최신 뉴스나 봐."

"우리 형이 그러는데, 만화책을 싸게 살 수도 있대. 나, 오늘 축구 연습 없어. 너도 어차피 동아리하러 안 가잖아."

메시와 료가 잡담을 나누는 사이에 종례가 거의 끝나 있었다. 담임 선생님이 막 맺음말을 하고 있었다.

"일 년간 잘 부탁한다. 동아리반 가면 오늘부터 선배인 거 알지? 모두 파이팅!"

폰타는 "차렷, 경례!"를 외치는 임시 학급 회장의 구령이 채 끝나기도 전에 자리에서 벌떡 일어나 메시의 등을 툭 치면서 이렇게 말했다.

"이제 너도 슬슬 선발 라인업에 들어야지!"

그러고는 교실 밖으로 후다닥 뛰어나갔다. 다른 친구들도 하나둘 교실을 나섰다.

"메시는 좋겠다. 월요일엔 클럽 팀 연습이 없잖아. 역시 엘리트는 달라. 난 별 볼일 없는 축구부라서 오늘부터 후배들 뒤치다꺼리나 해야 하는데. 아아! 바쁘다, 바빠."

오늘부터 신입생들은 동아리 체험을 시작한다. 그동안 동아리 막내였던 친구들이 2학년 선배가 되어서 한 걸음 앞으로 내딛는 셈이다. 메시는 학교 동아리가 아니라 외부 클럽 팀에서 축구를 하기 때문에 방과 후의 이런 분위기가 그저 어색하기만 했다.

초등학교 1학년 때부터 지역 팀에서 친구들과 축구를 시작한 뒤로 줄곧 에이스였다. 나름 자신감도 붙어서 동경하던 클럽 팀 'FC미라이' 선발전에 지원하여 멋지게 합격했고, 중학교 때부터는 그 클럽 팀의 주니어 유스에 소속되었다.

모두 메시가 스스로 원해서 결정한 일이지만, 학교에서 친구들이 동아리 얘기를 나눌 때면 끼지 못해서 답답한 기분이 들었다.

"나라고 좋기만 하겠냐?"

메시는 친구들보다 한 박자 늦게 돌아갈 준비를 마치고는 류와 함께 교실에서 나왔다. 승강기 주변과 운동장에는 1학년 신입생들이 체육복을 입고 살짝 긴장한 모습으로 어슬렁거리고 있었다. 2학년들은 약간 우쫄거리면서 1학년들에게 연신 뭔가를 지시했다. 메시는 그 광경을 보는 둥 마는 둥 하고서 료와 나란히 교문으로 향했다.

"야, 시간 참 잘 간다. 벌써 2학년이야."

"뭐야, 다들 저렇게 들떠 있는데 넌 하나도 안 기쁘냐?"

"그냥 뭐, 봄이잖아."

"뭐야, 좋아하는 여자애라도 생겼냐? 나만 믿어. 팍팍 밀어 줄게."

"아냐, 설사 그렇다 쳐도 너한테는 절대 말 안 해."

"뭐야, 시시하게."

료는 벚꽃 잎이 쌓인 길에서 "뭐야?" 하고 연방 툴툴거리면서 익살스런 자세로 뛰었다. 메시는 아주 조금 마음이 가벼워졌다.

"저기."

메시는 무슨 말을 하려다가 슬그머니 입을 다물었다.

"뭐야?"

"너, 아까부터 뭐야, 라고만 하는 거 알아?"

"시끄러! 뭐야!"

"거봐, 또!"

둘이 떠들면서 걷다 보니, 그 헌책방 앞을 조금 지나쳤다. 메시는 걸음을 멈추고 헌책방을 돌아다보았다.

"저기야. 아까 교실에서 말한 헌책방……. 지나쳤어."

"그럼 한번 가 볼까? 같이 가 줄게. 시간도 널널하고."

료는 방향을 홱 틀어서 헌책방으로 성큼성큼 걸어갔다. 메시도 종종걸음으로 뒤쫓았다.

책방 문 위에 책을 펼친 모양이 붙어 있었다. 교실에서 본 간판이었다.

"'인생당'이라고 씌어 있어. 만화책도 있나?"

"진짜 헌책방이야? 어째 들어가기가 좀……. 책방은 대개 오픈돼 있잖아."

단독주택 현관을 살려서 리모델링을 했는지 입구가 매우 좁았다. 유리문으로 되어 있긴 하지만 내부가 어두컴컴해서 잘 보이지 않았다. 길쪽으로 난 커다란 창도 간유리여서 내부가 흐릿하게 보였다. 간판도 올려다봐야 겨우 눈에 들어왔다. 일반 가정집인 줄 알고 그대로 지나치기 십상이었다.

"이 가게, 책을 팔 생각이 없는 것 같은데?"

료의 판단이 맞는 듯했다. 메시가 다짐을 받듯이 말했다.

"혼자는 좀 뭐하니까, 같이 들어가 주는 거다?"

"하긴 여기까지 오니까 궁금하긴 하네. 안 들어간다고는 안 했어. 근데 네가 먼저 들어가 봐."

료가 메시의 등을 떠밀었다. 메시가 비틀거리며 문손잡이를 만지는 순간, 문이 저절로 바깥쪽으로 쓱 열렸다.

"으악!"

메시는 자신도 모르게 외마디 비명을 질렀다.

"어서 와요."

주인아저씨가 안쪽에서 문을 열어 준 듯했다.

"아아, 안녕하세요?"

메시가 허둥지둥 인사를 하자, 료가 뒤에서 미소 띤 얼굴로 고개를 쑥 내밀었다.

"헌책방이 생겼다고 해서 구경 왔어요."

이 녀석은 정말 반죽이 좋다.

"유리를 잘못 발주해서 말이지. 안쪽이 안 보여서 그런지 손님이 안 오네. 너희가 첫 손님이야."

주인아저씨는 안경을 끼고 있었다. 구깃구깃한 흰색 와이셔츠에 치노팬츠. 와이셔츠는 구깃구깃했지만 깨끗이 세탁한 듯했다. 아마도 다림질이 귀찮았던 모양이다. 얼핏 봐도 책을 무지 좋아하는 것 같았다. 완고해 보이지도 않고 무서운 느낌도 없었다. 외모는 그냥 평범한 아저씨 같았다. 나이는 모르겠다. 애당초 중학생이 아저씨의 나이를 가늠하기는 어려운 일 아닌가.

책방은 그다지 넓지 않았는데, 벽 위쪽에서부터 바닥까지 책들로 꽉 차 있었다. 중앙에도 천장 높이의 책장이 있었다. 역시 빈틈없이 책이 꽂혀 있었다.

《해리 포터》에 나오는 마법의 도구를 파는 가게 같은 모습을 상상했지만, 책방 내부와 주인아저씨 모두 의외로 평범해 보였다.

여하튼 수상한 가게 같지는 않았다. 둘은 살짝 안심이 되어서 주인아저씨가 안내하는 대로 따라 들어갔다.

"자, 책은 안 사도 되니까 천천히 구경해. 여기서 읽어도 대환영이고."

책방 안을 빙 둘러보았다. 빛에 바래 제목이 희미해진 책과 학교에서 여름 방학 추천 도서로 선정될 것 같은 명작들이 가지런히 꽂혀 있었다.

"저기, 저희가 책이랑 별로 안 친해서요. 혹시 만화책도 있어요?"

료가 싱글벙글 웃으면서 메시가 궁금해하는 질문을 대신 해 주었다. 흐, 역시 같이 오길 잘했다.

주인아저씨가 웃으면서 대답했다.

"친하지 않다는 표현이 재미있구나. 만화책에도 명작은 많이 있지. 입구 쪽에 가면 여러 권 있을 거다."

"오, 질문 잘했어. 만화책도 있고, 그냥 여기서 봐도 되고. 무지 좋네."

메시가 료에게 속삭였다.

"그래, 나 없었으면 너 혼자 여기 못 들어왔겠지? 아저씨도 엄청 친절해 보이네."

료가 으쓱해서 젠체하다가 갑자기 뭔가 생각난 듯 표정이 싹 바뀌었다.

"나, 학원 면담 있는 거 까먹고 있었어. 먼저 갈게. 여기까지 따라와 줬으니까 잘 둘러보고 나서 나중에 보고해."

그러더니 돌연 커다란 목소리로 주인아저씨를 향해 이렇게 외쳤다.

"아저씨, 전 일이 있어서 먼저 갈게요. 얘는 메시라고 하는데요. 기운이 좀 없거든요. 놔두고 갈 테니까 잘 부탁드려요. 또 올게요!"

료 같은 녀석은 사회생활도 잘할 거야. 메시는 만화책 책장 앞에 서서 이 책 저 책 꺼내 책장을 넘겨 보았다. 그때 위쪽으로 《슬램 덩크》가 죽 꽂혀 있는 게 보였다. 폰타가 봄 방학 때 정신없이 읽었다는 만화 시리즈였다.

까치발을 하고서 《슬램 덩크》를 한 권 꺼내려고 팔을 쭉 뻗었다. 손이 닿을락 말락 했다. 잠시 후 뒤꿈치가 쿵 하고 바닥을 찧는 소리가 책방 안에 울렸다.

"얘, 메시야!"

주인아저씨가 부르는 소리가 들렸다. 아저씨는 안쪽 계산대 앞에 앉아 있었기 때문에 메시가 있는 입구 쪽에서는 목소리만 들렸다.

"아, 네."

아까 아저씨가 여기서 읽는 것도 대환영이라고 했지만, 너무 오래 있었나 싶어서 목소리가 절로 작아졌다.

"친구가 너 기운이 좀 없다고 하던데?"

그러면서 발판을 가지고 와 책장 앞에 놔주었다. 메시는 한 걸음 뒤로 물러서며 대답했다.

"아아, 네, 좀. 별일은 아니에요."

"축구부니? 체격도 다부지고 자세도 좋아 보이는데? 코어도 단단한 것 같고."

"정말요? 요즘 구부정한 자세를 고치려고 코어 훈련을 하고 있거든요. 동아리 말고 클럽 팀에서 축구하고 있어요."

"클럽 팀이라……. 그래서 메시구나?"

"그 별명, 되게 부끄러운데."

초등학교 시절 지역 팀 에이스였을 때는 그 별명이 아주 자랑스러웠다. 하지만 지금은 아니었다. 지역 팀에서 시합을 할 때마다 한두 학년 위의 팀에서 참가 권유를 받았다.

어릴 때부터 축구는 자신이 있었다. 축구를 좋아하는 마음이나 기술, 노력, 열정, 모두 그 누구에게도 뒤지지 않는다고 자부했다. 그런데 클럽 팀 선발에 합격한 뒤로 생각이 달라졌다.

선발은 실기 시험으로 이루어졌다. 지원한 선수들을 몇 팀으로 나눠 미니 축구 시합을 했는데, 그 과정에서 개인 기술과 팀워크를 평가했다. 무조건 골을 많이 넣는다고 좋은 것도 아니고, 패스를 하지 않고 혼자서 드리블만 해도 안 되었다. 몸을 쓰는 방법과 발의 빠르기, 장래의 가능성 등 모든 것이 심사 대상이었다.

메시는 선발전에서 눈에 띄는 활약을 하지 못했다. 그런데 어떻게 된 일인지, 약 이백 명 중에서 세 명 안에 들었다. 다른 두 명은 발이 아주 빠른 데다 몸집이 커서 힘도 세었다. 한눈에 착 들어오는 선수들이었다.

그에 반해 메시는 키도 그다지 안 크고, 골도 많이 넣지 못하고, 드리블도 많이 부족했다. 심지어 본래 원했던 포지션을 다른 선수에게 양보

하는 바람에 공도 많이 차지 못했는데……. 왼손잡이인 것이 유리하게 작용한 걸까?

어쨌거나 초등학교 육 년 동안 소속되었던 지역 팀의 친구들과 감독, 코치에게 많은 축하와 격려를 받았다. 중학교 때부터는 FC미라이의 주니어 유스에 소속되었다. 사실 불과 일 년 전까지만 해도 무서울 게 없었다. 합격 그 자체가 실력을 인정받은 것이라고 여기며 아무 의문을 품지 않았다. 그런데 지금은 친구들이 메시라고 부르는 것조차 부담스럽게 느껴졌다.

"포지션이 뭐지?"

"그게……, 아직 벤치예요."

메시는 짐짓 장난스럽게 대답했다. FC미라이에 소속된 멤버들은 모두 각기 다른 팀에서 선발된 선수들이었다. 막상 연습을 시작해 보니, 예전의 지역 팀과는 차원이 달랐다.

팀원들은 모두 자신감이 넘쳐흘렀다. 언제나 당당했으며 목소리도 컸다. 시합 중에도 서로 지시하고 패스를 요구했다. 패스 속도나 강도는 메시와 비할 바가 아니었다. 그래서 그런지 공을 잘 못 받을 때가 많을뿐더러 실수도 자꾸 늘었다. 한번 잃은 자신감을 되찾기는 쉽지 않았다. 괜히 시도했다가 실패할까 봐 겁이 났다. 애써 태연한 척하려 해도 의식하면 할수록 위축되었다.

FC미라이에 들어가서 일 년은 벤치 자리에 간신히 들어갔다. 공식 경기에는 한 번도 출전하지 못했다. 그런데도 지역 팀 친구들은 아무것도 모른 채 아낌없는 응원과 격려를 보내 주었다.

"메시는 우리 꿈이야."

"넌 축구 엘리트니까."

"우리 대신에 프로 축구에서 뛰어라."

그게 너무나 싫었다. 그 기대에 부응하지 못하는 자신한테도 화가 났다. 메시라는 별명으로 불릴 때마다 가슴속이 욱신욱신 아팠다.

"벤치라, 그것도 괜찮은데?"

아저씨는 눈썹 하나 까딱하지 않고서 말했다.

메시는 속으로 발끈했다. 뭐, 벤치가 괜찮다고?

"축구해 보신 적 있어요?"

"축구를 정식으로 해 본 적은 없지만 보는 건 좋아해. 아저씨는 중학교 때 테니스부였어. 선발 출장 같은 게 없어서 시합에는 대부분 나갈 수 있었지. 내가 지면 내 탓이니까 오로지 실력으로 승부한달까? 참, 메시는 평소에 어떤 만화책을 보니?"

"축구랑 관련된 거요."

"축구를 정말 좋아하는구나?"

"네, 그러니까 벤치가 괜찮을 리가 없어요."

쳇, 이 아저씨, 인상만 상냥한 건가? 축구를 좋아하니까 당연히 그런 책만 보지. 그런데 벤치가 뭐가 괜찮다는 거야?

메시는 이제 그만 집에 갈까, 하는 생각이 들었다.

아저씨는 조금 전에 가져온 발판 위로 올라가서 《슬램 덩크》를 다섯 권 정도 빼서 메시에게 건넸다.

"저쪽에 접이식 의자가 있으니까 거기서 읽어 봐. 가끔은 농구 얘기도 재미있을 거야."

"엇, 정말요? 안 사도 돼요?"

"아까 여기서 읽는 것도 대환영이라고 했잖아."

《슬램 덩크》의 작가는 이노우에 다케히코인데, 《소년 점프》라는 주간 만화 잡지에서 크게 인기를 끌었던 연재 만화다. 연재가 끝나고 단행본으로 출간된 뒤에도 꾸준한 사랑을 받고 있는 명작이다. 강백호(사쿠라기 하나미치)라는 싸움 잘하고 약간 멍청한 고등학생이 첫눈에 반한 채소연(아카기 하루코)의 관심을 끌기 위해 농구를 시작했다가 청춘을 바친다는 성장 스토리…….

메시는 책을 읽기 시작하자마자 생각에 잠겨 들었다.

'뭐야, 이 강백호라는 녀석. 여자애를 사귀려는 거지, 농구를 좋아하는 게 아니잖아. 흥, 바보 아냐?'

그런데 《슬램 덩크》를 한 권 두 권 계속 읽어 나가다 보니, 지난 일 년간 메시의 가슴속에 있던 뭔가가 꿈틀거리기 시작했다.

강백호는 농구의 'ㄴ'도 모르는 상태에서 시작을 하지만, 아무리 실패를 해도 절대 포기할 줄을 몰랐다. 드리블과 패스 등의 기초 훈련을 받을 때는 쉴 새 없이 투덜거렸다. 그런데 어느 틈엔가 농구에 최선을 다하고 있는 게 아닌가.

처음에는 오로지 채소연의 관심을 끄는 것이 목적이었다. 채소연은 강백호가 멋대로 라이벌이라고 믿는 서태웅(루카와 카에데)을 짝사랑하고 있었다. 강백호는 채소연의 기대에 부응하기 위해 열심히 연습하다가 점차 농구의 매력에 빠져들게 되었다.

《슬램 덩크》를 읽고 나자 눈앞의 안개가 확 걷히는 듯했다.

'그래, 나도 강백호처럼 아무것도 없는 것에서 시작하는 거야. 잃을 것도 없잖아. 그깟 자존심이 뭐라고.'

그런 생각이 가슴속에서 희미하게 자리 잡을 때, 아저씨가 만화책을 한 권 더 가지고 왔다.

"팀 스포츠만이 아니라 개인 스포츠도 그 나름의 재미가 있어. 마츠모토 타이요의 《핑퐁》인데, 《슬램 덩크》랑 스타일이 좀 달라. 영화로도 만들어졌지."

그러고는 메시에게 《핑퐁》을 내밀었다.

"아저씨 세대는 스포츠물이라면 《허리케인 죠》라는 복싱 만화뿐이었거든. 《핑퐁》도 거의 이십여 년 전 만화니까 딱히 새로울 건 없지만."

마츠모토 타이요의 《핑퐁》은 탁구 만화였다. 초등학교 때부터 동네 탁구장에서 탁구를 시작한 페코와 스마일의 이야기였다. 집단 괴롭힘을 당하던 스마일을 도와준 페코는 스마일에게 영웅이나 다름없었다. 페코는 스마일에게 탁구를 가르쳤다.

"나도 페코처럼 되고 싶어."

페코를 동경하는 마음이 스마일을 점점 더 강하게 만들었다. 천재적인 소질을 타고난 데다 천진난만한 성품을 지닌 페코와 성실하고 꾸준하게 노력하면서도 승패에 연연해하지 않는 스마일.

고등학생이 되면서 페코는 동아리 활동에 빠지는 일이 잦았고, 그러는 사이에 스마일의 실력이 페코를 앞지르기에 이르렀다. 어느 틈엔가 동경하던 대상을 뛰어넘게 되자, 스마일은 왠지 모를 쓸쓸함을 느꼈다.

메시는 문득 자신과 같은 시기에 선발된 다카를 떠올렸다. 다카는 몸집이 커서 눈에 띄는 친구였지만, 처음에는 팀의 속도에 전혀 대응하지 못했다. 그래서 한동안은 메시가 더 잘하는 듯이 보였다. 다카는 실패를 두려워하지 않고 몇 번이고 계속해서 시도했다. 결국 메시보다 먼저 겨울 공식 경기에서 벤치 자리에 입성했고, 하프 타임 때는 선수 교체로 시합에까지 출전했다.

"넌 덩치가 커서 좋겠다."

메시는 다카에게 이렇게 말하면서 분한 마음을 달랬다. 그런데 다카는 처음 팀에 들어왔을 때부터 메시에게 이렇게 말하곤 했다.

"나, 초등학교 때 지역 대회에서 네가 활약하는 거 봤어. 패스도 잘하고 공도 잘 다뤄서 얼마나 부러워했는데. 난 그렇게 못했으니까. 나, 원래 엄청 작았는데 지난 일 년 동안 쑥 큰 거야. 먹기만 했는데도 이렇게 큰 거 있지? 앞으로 틀림없이 네가 더 잘할 거야."

한편으론 그 말이 기쁘면서도, 잘하고 있지 못한 자신이 한층 더 부끄러웠다. 최대한 실수를 줄이기 위해 지난 수개월은 아예 도전을 포기했다. 더 이상 축구가 즐겁지 않았다.

"스마일은 페코가 올라오기를 바라는 거야. 페코가 힘내기를 바라는 거지. 스마일에게 페코는 영웅이니까."

아저씨는 이렇게 말하고는 갑자기 몸을 확 돌려 벽 쪽 책장으로 팔을 쭉 뻗었다. 마치 그 책이 빛을 내뿜으며 "나를 빼내 줘." 하고 말하기라도 한 것처럼. 그 책은 상당히 두꺼웠다.

"니체의 《차라투스트라는 이렇게 말했다》는 읽어 봤니?"

책등의 두께가 족히 2센티미터는 넘어 보였다.

"그렇게 두꺼운 책은 읽은 적이 없어요. 그런 책은 쳐다만 봐도 질리거든요."

"그럴 거야. 전부 읽으려면 큰일이니까 재미있는 부분에만 표시를 해 줄게. 우선 거기만 읽어 보고 재미있으면 다른 데도 보면 되지."

"재미있는 부분만 읽어도 된다고요? 그게 책을 읽는 거예요?"

"책을 읽는 데 특별히 정해진 규칙이나 법칙 같은 건 없으니까. 두껍다는 이유로 안 읽는 것보다는, 일단 책장을 펼쳐서 그 부분만이라도 읽는 게 책 입장에서도 기쁠걸. 읽은 사람이 재미있다고 말해 준 부분을 읽는 편이 분명 더 흥미로울 거고."

창밖으로 학교 운동장이 바라다보였다. 아무도 없었다. 동아리 시간이 끝나 모두 하교를 한 모양이었다. 메시는 아저씨와 조금 더 얘기하고 싶었다. 그러면 뭔가 힌트를 얻어서 한 걸음 더 내디딜 수 있을 것만 같았다.

"저, 성함이 어떻게 되세요?"

"아, 사이토야."

"사이토 아저씨, 《슬램 덩크》 31권이랑 《핑퐁》 5권을 다 읽으려면 밤이 될 것 같은데, 여기 또 와서 조금씩 읽어도 돼요?"

"물론 되고말고."

"그리고 《차라스토라》……가 아니라 《차라투스트라는 이렇게 말했다》는 재미있는 데만 표시해 주세요. 내일 축구 연습하러 가는 길에 사 갈게요."

"그럼 내일 보자. 네가 우리 '인생당'의 첫 손님이구나."

"부탁드려요. 내일 꼭 올게요."

책방 밖은 봄날의 저녁놀이 온 세상을 감싸고 있었다. 어둠이 내려앉기 시작한 학교 운동장은 그저 고요하기만 했다. 메시는 집을 향해 냅다 뛰기 시작했다.

메시에게

오늘 '인생당'을 찾아 줘서 정말 고마웠다. 아저씨는 진심으로 기뻤단다. 헌책방을 시작한 지 일주일째……. 그동안 손님이라곤 그림자도 안 보였는데, 첫 손님이 두 명이나 왔잖아.

네가 "쳐다보기만 해도 질린다."고 했던 《차라투스트라는 이렇게 말했다》를 산다고 했을 때, 얼마나 기뻤는지 넌 상상도 못 할 거다.

아저씨는 사람은 반드시 책을 읽어야 한다거나 책을 안 읽으면 제대로 된 인간이 못 된다고 생각하지 않아. 너희도 "책과 별로 안 친하다."고 했고.

하지만 아저씨는 책을 아주 좋아하고, 또 그동안 힘이 되어 준 책들이 많았기 때문에 그 장점을 전할 수 있는 일을 하고 싶다는 생각을 가슴속에 쭉 품고 있었어. 그리고 시간이 흘러 이렇게 꿈을 실현하기 위한 첫걸음을 내딛게 되었지. 그게 이 헌책방 '인생당'이 된 거야.

마치 네가 축구 클럽 팀에 들어가서 꿈을 향해 한 걸음 내디딘 것과 같은 느낌이려나? 하지만 생각대로 잘 안 풀리는 게 또 인생의 묘미 아닐까 싶어. 아저씨도 꽤나 고전 중이거든.

처음에 추천한 《슬램 덩크》는 안경 선배라는 캐릭터가 등장하니까 꼭 끝까지 읽었으면 해. 아저씨도 안경을 써서 친근감이 들거든. ㅎ 안경 선배는 주장 채치수와 중학교 때부터 같이 농구를 했어. 고등학교에서는 부주장이 되어 성실하게 팀을 이끌어 가지. 선발 라인업에서 스스로 빠지고 나서도 어떻게 하면 팀이 하나가 될지, 이 팀으로 어떻게 전국 대회를 나갈지 항상 고민하는 친구야.

팀 경기든, 개인 경기든, 아니 사회에 나가서도 자신의 이상과 현실의 괴리감에 좌절하거나 경쟁 상대에게 밀려서 상하 관계가 뒤바뀌는 일은 수없이 일어나.

인생에서 언제나 자신이 주인공일 수는 없거든. 영화를 찍을 때도 주인공이 있으면 조연이 있게 마련이잖아. 감독에서 시작해 조명, 음향, 도시락을 발주하는 사람에 이르기까지 셀 수 없이 많은 사람들이 모여서 일을 하듯이 말이지. 이 사회는 그런 사람들이 서로 복잡하게 얽힌 채 굴러가고 있는 거야.

오늘 너와 얘기를 나누다 보니 아저씨의 학창 시절이 떠올랐어. 그래서 그 만화 시리즈와 책을 추천한 거야. 그때의 아저씨라면 이런 책을 읽고 싶었을 것 같거든. 메시, 어쩌면 네가 아니라 그때의 아저씨에게 추천하고 싶었던 건지도. 아저씨도 지금 새로운 도전을 해서 고전 중이라는 걸 새삼 깨달았으니까.

이게 모두 너와 얘기를 나눈 덕분이지. 아저씨도 《슬램 덩크》와 《핑퐁》을 다시 읽어 봐야겠다.

그리고 네가 내일 사기로 한 《차라투스트라는 이렇게 말했다》도 다시

금 읽어 보고 있어. 지금 넌 뭘 고민하고 있을까? 자세한 건 모르겠지만 축구나 우정, 질투, 경쟁 같은 게 아닐까 싶어. 이 책에서 지금의 네가 읽었으면 하는 부분은 '친구'라는 장이야. 거기에 이런 대목이 있어.

사람들은 종종 사랑을 질투로 극복하려고 한다. 그리고 때때로 자신이 상처받지 않기 위해 다른 사람을 공격해서 적으로 만들기도 한다.

'차라리 내 적이 되어라.'

니체 말에 따르면, 친구는 내 최고의 경쟁자라는 거야. 아저씨는 스포츠 만화와 니체가 깊이 통한다고 생각해. 거의 모든 스포츠 만화는 우정과 경쟁을 그리고 있으니까.

자신의 친구 중에 최고의 적을 가져야 한다. 네가 친구와 맞설 때 네 마음은 그 친구와 가장 가까운 곳에 있어야 한다.

너는 네 친구 앞에서 알몸으로 있고 싶은가. 있는 그대로의 너를 친구에게 보여 주는 일이 네 친구한테도 명예로운 일인가. 아니다, 그는 그런 너를 악마한테나 잡혀 가라고 생각할 것이다.

너는 친구를 위해 아무리 한껏 치장해도 부족하다. 왜냐하면 너는 친구에게 있어 초인을 향해 날아가는 한 발의 화살, 즉 동경이어야 하기 때문이다.

여기서 '초인'은 지금의 자신을 계속 넘어선다는 의미야. 현재의 자신을 뛰어넘겠다는 결의로 미래를 향해 계속 뛰어오르려는 사람이지. 그런 열정을 지닌, 그러니까 자신의 가장 의욕적인 모습을 친구에게 보여 줘야 한다는 거야. 높은 곳을 향하려는 마음이 없는 건 알몸과 같은 상태라고 한달까.

네 생각은 어때?

《슬램 덩크》와 《핑퐁》에서도 서로 더 높이 올라가려는 의욕적인 친구 관계를 그리고 있지? 너한테도 분명 더 높은 곳을 향해 절차탁마(《시경》에 나오는 말로, 옥이나 돌 따위를 갈고 닦아서 빛을 낸다는 뜻. 부지런히 학문과 덕행을 닦는다는 의미다.—옮긴이)하는 친구가 있지 않을까?

오늘 저녁놀 속을 전속력으로 뛰어가던 네 뒷모습은 정말 '초인을 향해 날아가는 한 발의 화살'처럼 보였거든.

2

어디를 향해 가야 할까

꿈과 진로

아침과 저녁, 하루에 두 번. 고흐는 전철에 몸을 싣고 커다란 강을 건넜다. 고흐가 다니는 고등학교는 교외에 있어서 한창 붐비는 시각에도 전철이 꽤 한산한 편이었다. 고흐는 강을 다 건널 때까지 문가에 기대어 서서 바깥을 바라보았다.

강둑은 계절의 변화에 따라 각양각색으로 물들었다. 봄의 강둑은 어린 풀색이었다. 아침 해가 반사되어 식물과 강물이 반짝였다. 손자국이 난 안경을 통해서 바라봐서 그런가? 안개가 한층 뿌옇게 보였다. 아직도 꿈속인 것만 같았다.

"아함."

고흐는 크게 하품을 하면서 안경을 벗었다. 주변의 윤곽이 흐릿해졌다. 셔츠 소매 끝으로 안경을 닦아서 다시 쓴 뒤, 이어폰의 볼륨을 올리려고 스마트폰을 찾았다. 재킷 주머니를 손으로 더듬는데 종이가 부스럭거렸다.

"아, 참!"

이틀 전에 학교에서 나눠 준 유인물이었다. 진로 희망을 적어서 내야 하는데, 이름만 적어 놓고선 까맣게 잊고 있었다. 친구들은 별 망설임 없이 적어서 다음 날에 제출한 듯한데…….

유인물 아래쪽에 금요일 점심시간까지 제출하라고 적혀 있었다. 보호자 서명도 필요했다. 오늘은 수요일이었다.

'내일 저녁까지 생각하면 되겠네.'

이렇게 중얼거리면서 종이를 도로 접어 주머니에 집어넣었다.

명문고까지는 아니지만 공립 고등학교 중에서는 나름 괜찮은 인문계 학교였다. 동급생들은 대부분 국공립 대학에 지원한다. 문과냐 이과냐에 따라 선택 과목이 달라진다. 그래서 2학년 여름까지 진로 희망을 몇 번씩 적어서 내고, 개인 면담과 학부모 면담을 연거푸 하면서 진로의 폭을 좁혀 간다.

이윽고 전철이 다음 역에 도착했다. 문이 열리고 안내 방송이 흘러나왔다.

"급행으로 갈아타실 분들은 이번 역에서 내리시기 바랍니다."

이 역에서는 급행이나 다른 노선으로 환승하려는 사람들이 많이 내렸다. 고호는 여기서부터 자리에 앉았다. 맨 끝자리가 지정석이었다. 엽서 크기의 작은 스케치북을 꺼내서 주변의 풍경을 그리기 시작했다.

입을 벌린 채 졸고 있는 대학생, 서로 모르는 사이인데도 똑같은 자세로 나란히 앉아 스마트폰을 보는 사람들, 고호를 향해 방긋방긋 웃는 유모차 탄 아기…….

무선 이어폰에서는 고호가 좋아하는 힙합이 랜덤으로 흘러나왔다. 저음의 리듬에 맞춰 펜을 쓱쓱 움직였다. 산산이 흩어진 가사는 의미 없는 소리가 되어 세상과의 경계를 모호하게 만들었다. 고호가 매우 좋아하는 시간이었다.

고호는 자라면서 틈만 나면 그림을 그렸다. 스케치북은 금방 다 쓰기 때문에 신문에 끼여 온 광고지 뒷면, 엄마가 일하면서 사용한 원고지나 자료를 출력한 용지의 뒷면을 써야 했다. 종이와 펜만 있으면 언제나 기분이 좋았다.

네댓 살이 되자 공상 속 생물을 그렸다. 공상 속 생물이라고 하면 대개 얼굴부터 그릴 것 같지만 고호는 손가락이나 발가락부터 그렸다. 스케치북을 거꾸로 놓고 그린 뒤, 다시 뒤집어서 보여 주면 모두들 깜짝 놀랐다. 고호에게는 자연스러운 일이었지만 남들 눈에는 평범하지 않은 듯했다.

"보기 드문 아이예요."

유치원에서부터 내내 그런 말을 들었다. 초등학교에서는 교과서와 공책 모두 낙서로 가득 찼다. 시험지 뒷면에도 그림이 꽉 차 있었다.

4학년 때 담임 선생님이 물었다.

"왜 수업 시간에 그림을 그리니? 화 안 낼 테니까 솔직하게 말해 봐."

"선생님 말씀을 듣고 있으면 졸려서요. 잠을 깨려고요."

솔직하게 대답했는데 된통 야단을 맞았다. “화 안 낼 테니.”라고 말하면 대체로 화를 낸다는 법칙을 비로소 깨달았다. 그 뒤로 선생님과 여학생들로부터 ‘수업을 안 듣는 문제아’ 취급을 받았다.

하지만 남학생들한테는 인기가 많았다. 인기 애니메이션 〈포켓 몬스터〉나 악에 맞서 싸우는 영웅 캐릭터 〈파워 레인저〉 그림을 그려 달라는 부탁을 많이 받았다.

5학년이 됐을 때, 마침내 학교에서 고흐를 이해해 주는 어른이 나타났다. 정년 퇴직을 앞둔 ‘할아버지 선생님’이었다. 몸은 아직 정정했지만 머리카락과 수염이 새하얬기 때문에 아이들 사이에서 그렇게 불렸다.

“재미있는 그림을 그리고 있구나.”

수업 중에 그림을 그리다가 들켰지만 야단을 맞지 않았다. 처음 있는 일이었다. 그 선생님이 조금 좋아졌다. 그동안 수업을 들은 적은 거의 없었지만, 그 선생님의 얼굴을 그리기 시작하면서 수업 시간에 귀를 기울이게 되었다.

“이왕이면 교과서에 실린 사진이나 그림도 공책에 그려 보면 어떨까?”

그 말을 듣고 그렇게 해 봤더니 제법 괜찮게 그려졌다. 그림을 그려서 보여 줬더니, 선생님이 싱글벙글 미소를 지었다.

할아버지 선생님은 과학을 아주 좋아했다. 과학 시간에는 언제나 마술 같은 실험을 하나씩 보여 주었다. 종이컵에 재료를 넣어서 잘 섞은 다음, 그 안에 얼음을 하나씩 집어넣었다. 한참을 섞은 뒤 젤리가 만들어졌을 때는 아이들 모두 환호성을 질렀다. 수업 중에 갑자기 재미있는 일이 일어나기 때문에 시선을 뗄 수가 없었다. 수업이 재미있어서 그림 그릴 시간이 없기는 처음이었다.

글쓰기 숙제가 하기 싫어서 원고지에 만화를 그렸더니, 선생님이 교실 벽에다 붙여 주었다. 남학생들은 하나둘 고호를 따라 했다. 여학생들도 고호를 다시 보게 되었다. 언제인가부터 그림 그리는 일이 공부와 연결되었다. 비로소 공부에 흥미가 생겼다.

굳이 말하면 부모님은 방임형이었다. 부모님이라고 했지만 아빠는 집에 거의 없었기 때문에 주로 엄마를 의미했다. 친구들은 모두 부모님 잔소리가 심하다고 불평했지만 엄마는 말을 별로 안 했다.

엄마들은 대부분 그런 줄만 알았다. 그러다 중학생 때 의아한 생각이 들어서 이렇게 물었다.

"다른 친구들은 부모님이 공부하라고 한다는데, 엄마는 왜 저한테 그런 말씀을 안 하세요?"

"공부하라고 하면 할 거야?"

엄마의 반문에 고호는 잠시 생각에 잠겼다.

"안 할 것 같은데?"

대답과 함께 그 얘기는 바로 끝났다.

고등학교 진학 문제를 상의할 때는 엄마가 먼저 제안을 했다.

"그림 그리는 게 좋으면 그림만 그릴 수 있는 학교에 가는 게 어떨까?"

그런 고등학교가 있다는 기대감에 견학을 갔는데, 재학생 대부분이 여학생이었다. 한 반에 남학생은 겨우 세 명뿐이었다. 그 학교를 다니면 어떤 삼 년이 될지 도무지 상상이 가지 않았다.

"그냥 일반 고등학교로 갈게요."

고등학교 선택 조건은 세 가지로 추려졌다. 등하교 시각에 교통수단이 붐비지 않을 것, 교칙이 엄격하지 않을 것, 공부 이외에도 자기가 좋아하는 일을 하는 학생들이 많을 것.

세 번째는 실제로 입학해 봐야 알 수 있는 것이었지만, 지금 다니는 고등학교는 견학 갔을 때부터 어느 정도 그 조건에 맞았다. 그러니까 뭔가 '느슨한' 분위기가 흐르고 있었다.

실제로 입학한 후에도 원하던 대로 제법 편안했다. 공부를 적당히 하면서 배드민턴부와 미술부에 들어갔다. 배드민턴부에서 근육 단련과 달리기를 했는데, 그것이 힘든 요일에는 미술부에 가서 느긋하게 그림을 그렸다.

'고등학교 입시가 끝난 지 얼마나 됐다고, 또 진로를 정해야 하는구나.'

고흐는 생각에 잠긴 채 사람들의 흐름을 따라가다 보니, 어느덧 학교 교문 앞이었다.

출입문과 창문이 모두 닫힌 방과 후의 체육관에 셔틀콕을 치는 소리만 탁탁 울렸다. 배드민턴은 바람이 불면 치기가 어려웠다. 오늘은 배드민턴부가 체육관을 이용하는 수요일이었다.

고호는 선배와의 시합에서 참패를 한 뒤 물을 마시면서 조에게 말을 건넸다. 조는 체육관 단상에 앉아서 수조 털이 망가진 셔틀콕을 골라내고 있었다.

"진로 희망 적어 냈어?"

고호는 이마에 맺힌 땀을 닦은 뒤 수건을 흔들며 조를 방해했다. 1학년 때부터 같은 반이었던 조는 한 번도 학원에 다닌 적이 없었다. 요즘 세상에 흔한 일은 아니었다. 하지만 머리 회전이 아주 빠르고 대인 관계도 좋았다.

축제 때 반에서 연극을 하기로 했는데, 공연할 작품에서 의견 충돌이 생긴 적이 있었다. 그때 각자의 이유를 듣고 전체를 아우르는 작품으로 연출을 맡은 아이가 조였다. 남에게 지시를 할 때도 전혀 불쾌감을 주지 않았으며, 심성 좋은 초식 동물 같은 얼굴을 하고 있었다. 그때 조가 무대 배경을 고호에게 맡겼는데, 다른 반과 달리 역동적인 연출을 함께 완성하면서 급격히 친해졌다.

"응, 바로 냈어. 가고 싶은 대학이 정해져 있으니까. 갈 수 있을지는 모르지만. 뭐, 아직 2학년이니까. 넌 아직 안 냈냐?"

"자꾸 망설여져서."

"라멘이나 먹고 갈까?"

땀을 흘리며 동아리 활동을 한 뒤에 먹는 라멘 맛은 완전 꿀맛이었다.

"라멘, 좋지."

역 앞 라멘 가게는 동아리를 마치고 하교하는 남학생들로 북적였다. 계산대 옆자리에 나란히 앉아서 늘 먹던 숙주 듬뿍 미소라멘을 주문했다.

"나, 미대에 가고 싶긴 한데, 우리 학교는 미대 가는 애들이 거의 없잖아. 그림은 자신 있지만 미대에 가면 어떻게 먹고살아야 할지 걱정이 되어서 결정을 못 하겠어."

"이 죽순 절임, 이번 달부터 무한 리필이라는데?"

조는 고호가 하는 이야기에 고개를 끄덕이면서, 앞에 놓인 셀프 반찬통에서 죽순 절임을 접시 두 개에 담은 뒤 하나를 고호에게 내밀었다.

"호리 알지? 미술부. 걔한테 의논했더니 뭐라는지 아냐?"

"뭐라는데?"

"아무 망설임도 없더라. '난 경제학과 갈 거야. 그래 봤자 그림쟁이잖아. 너도 잘 생각해 봐.' 이러던데?"

"그 녀석한테나 그래 봤자 그림쟁이인 거지. 너희 부모님은 뭐라셔?"

"아직 말씀 안 드렸는데 아마 괜찮다고 하시지 않을까?"

"그럼 됐잖아. 뭐가 문제냐?"

"야, 좀 진지하게 대답해 봐. 난 골 아파 죽겠는데. 얼마 전 담임 선생님한테 슬쩍 떠봤더니, 미대 입시는 잘 모른다고 하고선 끝이야. 잘 생각해 보래. 다들 그래. 내가 아무 생각도 안 하는 줄 아나 봐."

고호는 젓가락으로 죽순 절임을 계속 집었다 놨다 했다.

"조, 너는 좋겠다. 의대 갈 거지? 남들 눈에도 잘한 결정이니까."

조는 입에 물고 있던 죽순 절임을 천천히 씹고는 물을 한 모금 삼킨 뒤 이렇게 말했다.

"난 지금 진지하게 대답하고 있어. 너야말로 너답지 않게 왜 그러냐? 남들 눈에 잘한 결정이라고?"

고흐는 생각지 못한 반응에 허를 찔린 듯한 기분이 들었다. 젓가락을 내려놓고 조를 가만히 쳐다보았다.

"무슨 뜻이야?"

"그래, 난 의대에 지원할 거야. 근데 그건 어쩌다 보니 내가 하고 싶은 일이 의학과 관련이 있기 때문이야. 넌 하고 싶은 일이 그림 그리는 거니까 미대 가고 싶은 거잖아?"

때마침 숙주 듬뿍 미소라멘이 나왔다. 둘은 말없이 라멘을 먹었다. 라멘은 다른 때와 똑같이 맛있었다.

계산은 조가 했다. 그리고 헤어질 때 이렇게 말했다.

"너나 나나 다를 것 없어. 복잡할 게 뭐 있냐?"

오늘 두 번째로 강을 건넌다. 어둠에 감싸인 저녁 7시 30분. 강의 양 기슭에 있는 맨션에 불이 하나둘 켜지기 시작했다.

"복잡할 게 뭐 있냐?"

조가 마지막에 한 말이 이상하게 마음에 걸렸다. 전철에서 내려 자전거를 타면서도 조의 말이 자꾸만 귓가에 맴돌았다.

"복잡할 게 없다고? 나 혼자서 괜히 복잡하게 생각한다는 건가?"

봄날의 밤바람이 왠지 으스스했다. 달빛마저도 흐릿했다. 짐짓 길을 조금 돌아서 집에 가기로 했다.

작년에 졸업한 중학교 앞길은 나지막한 오르막길이었다. 얼핏 평지처럼 보이지만 자전거 페달을 밟으면 느껴질 정도의 경사가 져 있었다. 차도를 사이에 두고 이쪽 보도만 희미하게 빛이 났다. 마치 그 불빛에 이끌리듯 무거운 페달을 힘주어 밟았다. 불빛이 점점 가까워졌다. 그곳은 지난번에 메시와 얘기했던 헌책방이었다. 책방의 커다란 불투명 유리가 마치 사각등처럼 문 앞을 비추고 있었다.

"저녁에도 하는구나. 배도 부르고, 책 좀 보다가 갈까?"

책방 앞 가드레일에 자전거를 기대어 놓고 체인을 거는데, 책방에서 누군가가 나왔다. 구깃구깃한 흰색 와이셔츠에 치노 팬츠. 메시가 말한 주인아저씨인 듯했다.

아저씨도 고호의 존재를 알아채고 인사를 건넸다.

"안녕?"

"아, 영업 끝났어요?"

"아니, 아직. 책방 앞을 청소할까 싶어서. 문 닫는 시각은 정해져 있지 않아."

아저씨는 빗자루와 쓰레받기를 든 채 고호가 안으로 들어갈 수 있게 문을 열어 주었다. 그러고는 다시 밖으로 나갔다.

"천천히 둘러봐."

곧 문 닫는 소리가 들리고, 고흐만 책방에 홀로 남겨졌다. 해가 진 뒤 청소를 하다니, 참 느긋한 가게라는 생각이 들었다. 어두워서 쓰레기도 잘 안 보일 텐데. 게다가 문 닫는 시각도 정해져 있지 않다니. 고흐는 그 대화만으로 아저씨에게 호감이 갔다.

어두운 밤길에서 밝은 실내로 들어가자 별안간 따스함이 느껴졌다. 순간 어깨에 힘이 쭉 빠졌다. 고흐는 책방 안을 둘러보며 중얼거렸다.

"평범한 헌책방인 것 같은데."

책장에 꽂힌 책을 멍하니 바라보면서 천천히 책방 안을 한 바퀴 다 돌았을 무렵에 아저씨가 청소를 마치고 안으로 들어왔다.

"금방 문 안 닫을 테니까 보고 싶은 만큼 봐도 돼."

그러고는 책방 안쪽으로 빗자루와 쓰레받기를 치우러 갔다.

고흐는 아저씨와 잠시 얘기가 나누고 싶어졌다. 가방에서 삐죽 삐져나온 배드민턴 채가 책에 부딪힐까 봐 바닥에 살며시 내려놓았다. 아저씨가 사라진 안쪽으로 다가가 말을 건넸다.

"손님도 없는데 늦게까지 하시네요."

"편하게 하는 거지. 취미 비슷한 거라서. 빨리 문 닫는 날도 있고. 오늘은 좀 늦은 편이지만."

아저씨는 수건에 손을 닦으면서 모습을 드러냈다.

"취미로 하시는 거예요?"

"취미가 일이 됐다고 해야 하나? 취미를 억지로 일로 삼았다고 해야 하나?"

"그렇구나. 좋으시겠어요."

"좋을지 어떨지는 사람에 따라 다르지."

말투가 좀 마음에 걸렸다.

"사람에 따라 다르다고요?"

"무슨 말인지 궁금하니?"

고흐는 처음 보는 사람한테 계속 질문을 하는 자신을 의아해하면서도 말을 이었다.

"그냥, 지금 하는 고민과 관련이 있지 않을까 싶어서요."

"음, 아저씨 이름은 사이토인데, 너는 친구들이 뭐라고 부르지?"

"고흐요."

"배드민턴 채를 든 고흐라……."

"아, 동아리를 배드민턴부와 미술부 두 가지를 하는데, 오늘은 배드민턴을 하는 날이었어요."

"화가 중에서 빈센트 반 고흐를 제일 좋아하는데……. 반갑구나, 현대의 고흐. 같이 차 한잔할까?"

사이토 아저씨는 접이식 의자를 꺼내 준 뒤 차를 준비해 왔다.

고흐는 어릴 때부터 그림 그리는 걸 좋아했던 것, 초등학교 때 선생님들은 그런 고흐를 이해하지 못했던 것, 5학년 여름 방학 때 자유 연구에서 고흐의 〈별이 빛나는 밤에〉를 모사한 일을 계기로 이런 별명이 붙게 된 이야기를 했다.

"저는 초등학교 때 책을 좋아하지 않았는데요. 할아버지 선생님과 얘기하면서 궁금한 게 많이 생겼어요. 점심시간에는 도서실에 가서 도감이나 화집을 많이 봤고요. 그중에서 고흐의 〈별이 빛나는 밤에〉에 마음이 끌려서."

"〈별이 빛나는 밤에〉라……. 나도 〈해바라기〉보다 〈별이 빛나는 밤에〉가 더 좋아. 그건 만년 작품이지? 고흐가 자신의 귀를 자르고 정신 질환으로 요양원에 들어가서 그린 거니까. 만년이라고 해도 서른일곱 살에 자살했으니까 지금 생각하면 아직 한창 일할 때인데……."

"엇, 그래요? 저, 그때는 글 읽는 게 싫어서 그림만 봤거든요. 화집에도 그런 게 적혀 있었나?"

"예술 작품에는 그 작가의 인생이 담겨 있게 마련이어서 그 배경을 알면 훨씬 더 깊이 즐길 수 있어. 즐기는 방법은 사람마다 다르겠지만."

아저씨는 자리에서 일어나 책장에서 《반 고흐, 영혼의 편지》라는 제목의 책을 빼낸 뒤 고흐 앞에 살며시 내밀었다. 매우 낡아 보였다. 표지만 봐도 누군가가 반복해서 읽었다는 것을 단박에 알 수 있었다.

"이건 고흐가 화가 친구와 남동생에게 보낸 편지를 정리한 책이야. 〈별이 빛나는 밤에〉를 그렸을 때의 심정도 담겨 있고. 굳이 다 읽지 말고 네가 관심 가는 부분만 읽으면 돼."

"이 책, 어쩐지 역사가 느껴지는데요?"

"그게 중고 책의 장점이지. 이 책의 전 주인은 분명히 그림을 그리는 사람이었을 거야. 여기 보면 곳곳에 줄이 쳐져 있잖아."

책장을 천천히 넘겼다. 빨간 펜으로 밑줄을 그은 곳이 몇 군데 있었다. 고흐는 우연히 펼친 페이지에 적힌 글을 눈으로 좇았다.

그림을 그리는 행위는 크고 작은 다이아몬드를 발견하듯 어려운 일이야. 지금, 사람들은 루이 금화나 최상 품질의 진주가 지닌 가치는 알지만 불행하게도 그림의 가치를 알고 그것을 믿어 주는 사람은 적어. 하지만 그걸 알아주는 사람이 어딘가에 분명 있을 거야.

설령 당장은 없다고 해도 반드시 참을성 있게 기다려야 해. 아무리 오랜 시간이 걸리더라도.

"멋있다. 뜨거우면서도 쿨해. 고흐가 어떤 사람인지 전혀 몰랐는데. 그동안 고흐 그림에 끌렸던 것도 어떤 의미가 있는 건가?"

책장을 계속 넘기다 보니, 〈별이 빛나는 밤에〉의 사이프러스와 비슷한 스케치가 나왔다. 구도는 조금 다르지만 자세히 보면 초승달도 그려져 있었다.

"멋있기만 하지도 않아. 고흐가 동생한테 돈을 꾸는 모습이 그 책에 잘 나와 있거든. 그림에 대한 생각도 깊이 있게 적혀 있고. 화가 생활이 어떤지도 알 수 있고, 또 그 안에서 소용돌이치는 에너지 같은 게 전해지지."

《반 고흐, 영혼의 편지》. 자신과는 멀게만 느껴지는 화가의 편지……. 그걸 보면 화가의 생활과 마음속을 엿볼 수 있을 것 같았다.

"이 책, 다 읽지는 못할 것 같지만 줄 쳐 놓은 부분이나 중간중간에 있는 스케치, 그리고 고흐가 생각한 부분들을 읽어 보고 싶어요. 갖고 싶은데……. 이 책, 비싸요?"

아저씨는 조금 놀랐는지 묘한 표정을 지으며 웃었다.

"보통 줄 쳐진 책은 가치가 떨어지는 법이지. 모두 자기 마음에 와닿는 부분에 줄을 긋고 싶어 하니까. 줄 쳐진 걸 마음에 들어 하다니, 놀라운걸. 어차피 비싸게 가격을 매기지도 못하는 거니까 기념으로 선물할게. 이대로 가지고 가."

그러면서 작은 종이봉투를 건넸다.

아저씨는 바지 주머니에 오른손을 넣어 회중시계를 꺼낸 뒤 시각을 확인했다. 시곗바늘이 어느새 9시를 가리키고 있었다. 바지와 연결된 체인이 불빛을 받아 희미하게 빛났다.

"시간 괜찮니? 이야기하고 싶은 게 많아졌는데……. 하나만 더 말할게. 고흐가 일본 화가랑 영향을 주고받은 거 아니?"

"정말요? 그 일본 화가가 누군데요?"

《반 고흐, 영혼의 편지》를 꺼낸 책장 앞에는 아직 정리가 덜 된 책들이 아무렇게나 쌓여 있었다. 아저씨는 그 책 더미 밑에서 책 한 권을 힘겹게 빼냈다. 순간 책들이 균형을 잃고 산사태가 난 것처럼 우르르 무너졌다. 아저씨와 고흐는 그 책들을 다시 쌓으면서 이야기를 이어 갔다.

"고흐는 일본 우키요에(일본 에도 시대에 서민 계층을 기반으로 발달한 풍속화.—옮긴이)를 좋아했던 모양이야. 일본에 온 적은 없는 것 같은데, 우키요에를 흉내 내서 그린 그림들이 있거든. 고흐가 우키요에의 예술성을 칭찬한 글도 있어. 장인 정신에서 비롯된 거라고……. '일본 예술을 연구해 보면 명백하게 현자이며 철학자이며 지식이 많은 인물을 만난다.'고 써 놓은 부분도 있고. 우키요에의 대표 작가인 우타가와 히로시게와 가쓰시카 호쿠사이를 말하는 거겠지. 고흐를 동경한 사람들도 있는데, 그중 한 명이 판화가 무나카타 시코야."

사이토 아저씨는 의자에 앉은 채 허리를 굽혀서 그 책 더미를 아래쪽에서부터 차례로 훑었다. 시선이 딱 멈추더니 책 한 권을 빼냈다. 무나카타 시코의 《나는 고흐가 된다》라는 자서전이었다.

"이걸 보면 무나카타 시코가 고흐의 그림을 보고 나서 받은 충격을 알 수 있어. 〈해바라기〉를 보고 '좋다, 좋아.'라는 말밖에 나오지 않았다고 해. 네가 조금 전에 《반 고흐, 영혼의 편지》를 읽고서 '멋있다.'고 하는 말을 듣는 순간 이 책이 생각났어. 네가 초등학교 때 고흐 그림을 처음 봤을 때도 뭔가 충격으로 마음이 크게 동했을 거야."

고흐는 전율을 느꼈다. 좀이 쑤셔서 가만히 있을 수가 없었다. 갑자기 자리에서 벌떡 일어났다. 그 서슬에 접이식 의자가 쿵 소리를 내면서 뒤로 넘어졌다.

"죄송해요. 당장 집에 가서 《반 고흐, 영혼의 편지》를 마저 읽어 볼게요. 무나카타 시코의 책은 다음에 오면요. 차, 잘 마셨어요."

고흐는 쓰러진 의자를 접어서 아저씨에게 건네주었다. 배드민턴 채가 삐죽 튀어나온 가방을 어깨에 멘 채 작은 종이봉투를 소중히 안고서 책방을 서둘러 나왔다.

자전거 핸들에 걸어 놓은 종이봉투가 흔들렸다. 아까와 똑같은 길인데도 자전거 페달이 유난히 가볍게 느껴졌다.

"복잡할 게 뭐 있냐?"

아까는 으스스했던 봄바람과 달빛, 별, 그 모두가 지금은 같은 편이 되어 있었다.

사이토 아저씨의 인생 편지

고흐에게

고흐는 아저씨가 아주 좋아하는 화가인데, 설마 '현대의 고흐'를 만날 줄이야. 아무튼 늦은 시각까지 붙잡아 뒀더구나.

아저씨가 널 왜 잡았는지 알겠니? "취미가 일이 됐다고 해야 하나, 취미를 억지로 일로 삼았다고 해야 하나?", "좋을지 어떨지는 사람에 따라 다르지."라고 무심코 던진 말이 네 마음에 걸리는 것 같더라. 그래서 아저씨도 너와 천천히 이야기를 나눠 보고 싶다는 생각이 들었지.

그때 고흐와 무나카타 시코 얘기를 하고 있었지? 그런데 네가 갑자기 일어나 가 버려서 무슨 일인지 걱정했어. 책방 문을 닫고 집에 가서 밥을 먹으며 너와 나눈 대화를 다시 떠올려보니 그제야 알 것 같았단다. 아마 지난 수년간 내가 생각했던 것들이 지금 네가 생각하는 것들이 아닌가 싶다.

고등학생 때 아저씨는 작가가 되고 싶었어. 고흐가 그림 그리는 걸 좋아하듯, 아저씨는 글 쓰는 걸 좋아했거든. 네가 도감이나 화집을 즐겨 봤듯이, 아저씨는 학교 도서실이나 공공 도서관에서 소설책을 빌려 읽었지.

작가가 되고 싶어서 대학은 국어 국문학과에 진학했지만, 막상 가 보니 작가가 되는 공부를 하는 게 아니었어. 대학에서 문학을 공부하고 졸업한 뒤에는 글 쓰는 일과 관련 있는 직장을 골라 회사 생활을 시작했는데……. 언젠가부터 작가가 되고 싶다는 생각을 잊고 지냈지 뭐야. 쉬는 날에는 여전히 책을 읽었지만 왠지 공허한 느낌이 사라지지 않았어. 그렇게 이십오 년을 보냈지.

그러던 어느 날, 근대 문학의 아버지라 불리는 나쓰메 소세키의 《나의 개인주의》를 읽게 된 거야. 1914년에 나쓰메 소세키가 했던 강연을 정리한 책인데, 청중은 장차 세상에 나갈 대학생들이었지. 학창 시절에 읽기는 했지만 그때는 별 느낌이 없었어. 하지만 나이가 들어서 다시 읽어 보니, 나쓰메 소세키가 커다란 물음을 던지더구나.

나쓰메 소세키는 영문학을 공부해서 영어 선생님이 됐지만, '왠지 불유쾌하고 애매하면서 막연한 것이 곳곳에 숨어 있는 것 같아서 견딜 수 없다.'는 느낌이 들었다고 해. 바로 지금의 내가 그렇다는 생각이 들었지.

세상에는 참 많은 직업이 있어. 자신이 정말 좋아하는 일을 직업으로 삼는 사람은 얼마 안 되고, 지금 좋아하는 일을 언제까지 좋아할지도 사실은 몰라. 대부분의 사람들은 직장에 들어가서 세상 사람들 눈에 안정적으로 보이는 직업을 가져. 아저씨도 그렇게 살아왔고.

하지만 나쓰메 소세키의 말처럼, 그 순간 아저씨 마음에 '왠지 불유쾌하고 애매하면서 막연한 것'이 숨어 있다는 걸 깨달은 거야. 그렇게 되니까 나쓰메 소세키가 그다음에 어떻게 했는지 궁금해지지 뭐야. 아저씨는 정신없이 책을 읽어 나갔어.

아무래도 나 자신의 곡괭이로 찾아낼 수 있는 데까지 한 번 파 나가야 할 겁니다. 만약 파 나가야 하는 이유를 찾아내지 못했다면 그 사람은 평생 불유쾌하고 항상 엉거주춤한 자세로 세상에서 우물쭈물해야 하기 때문입니다.

내가 이 점을 강조하는 하는 것은 전적으로 그 때문이며, 특별히 나를 모범으로 삼으라는 의미는 절대 아닙니다. 나처럼 보잘것없는 사람이라도 스스로 길을 만들어 나아갔다는 자각이 있으면, 여러분이 보기에 그

길이 아무리 시시해도 그건 여러분의 비평과 관찰일 뿐 나한테는 추호도 손해가 없습니다. 나 자신은 그걸로 만족할 겁니다. 〔중략〕

아아, 여기에 내가 나아갈 길이 있다! 마침내 찾았다! 그런 감탄사를 마음속으로 외칠 수 있을 때 비로소 여러분은 마음이 편안해질 겁니다. 쉽게 무너지지 않는 자신감이 그 외침과 함께 불현듯 고개를 쳐들지 않을까요?

여기까지 읽었을 때 바로 이거다, 하는 생각이 들지 뭐야? 나도 모르게 카페 의자에서 벌떡 일어났어. 딱 어제의 너처럼 말이지. 한참 뒤에야 그때 일이 생각나서 깜짝 놀랐어. 그걸 너에게 전하고 싶어서 이렇게 편지를 쓰는 거야.

아저씨의 생각은 이래. 내 인생은 나 자신의 것이다. 세상 사람들이 '보통은 이렇게 한다.'고 레일을 깔아 놓고 있어도, 어느 길을 선택할지는 결국 스스로 결정하는 수밖에 없어. 주변 사람들과 보조를 맞추기가 힘들거나 하고 싶은 일이 다르다면, 천천히 가기도 하고 다른 길을 골라도 돼.

그렇다고 남들과 다른 길을 반드시 골라야 하는 건 아니야. 커다란 조직에 있어야 능력을 발휘하는 사람도 있게 마련이니까. 나이 들어서 자신이 좋아하는 일을 찾는 사람도 있고.

아, 그렇다면 아저씨는 어떻냐고? 그 뒤 아저씨는 꼼꼼하게 준비해서 회사를 그만두고, 너도 알다시피 '인생당'을 열었지. 사실 아직 얘기하고 싶은 게 더 있지만 길어질 것 같아서……. 다음에 책방 오면 천천히 얘기해 보자.

한 가지만 더 말하면, 네 초등학교 때 이야기를 듣고 왠지 장래가 기대되더구나.

참, 근대 문학 작가 시가 나오야의 〈세이베에와 표주박〉이라는 단편 소설을 알려나? 세이베에는 용돈을 받으면 표주박을 사서 닦는 아이였는데, 어른들이 "좀 더 기발한 걸 사지 그러냐?" 하고 말해도 "이게 좋아요." 하고 딱 잘라 말했어.

수업 시간에도 표주박을 닦아서 선생님에게 야단을 맞아. 결국에는 선생님한테 표주박을 빼앗기지. 심지어 아버지는 집에 있던 표주박을 모두 깨 버려. 그 후 세이베에는 그림 그리는 일에 푹 빠지게 돼. 정신없이 그림을 그리다 보면, 선생님과 아버지에 대한 원망을 잊게 되거든.

누가 무슨 말을 하든 주변에 휩쓸리지 않고 자신이 좋아하는 일을 찾아서 몰두하는 힘은 분명 너를 단단하게 지탱해 줄 거야. 그러니까 뭔가를 좋아하는 마음을 소홀히 여기지 마. 그 마음을 꾸준히 갈고 닦다 보면 세상을 대할 때도 주체적으로 임하게 될 거다. 네 마음속에 세이베에가 있다는 걸 느꼈거든.

아저씨한테 너와의 만남은 참 소중하다는 생각이 든다.

책방에 또 놀러 오너라.

3

세상은 어차피 돈?

빈곤과 교육

“자, 그럼 지난시간에 이어서 연립 방정식이다. 생각났나?”

메시는 수학 선생님의 목소리를 들으면서 자꾸만 대각선 앞쪽에 비어 있는 자리가 신경 쓰였다.

하야토가 황금연휴가 끝난 뒤부터 학교에 나오지 않고 있었다. 폰타와 같은 농구부인데, 다들 차기 부장감이라고 입을 모았다.

감기 한 번 걸리지 않던 하야토가 이렇게 오래 결석을 하다니, 도무지 믿기지가 않았다.

“야, 폰타! 하야토가 결석을 왜 이렇게 오래 하냐?”

앞에 앉은 폰타에게 목소리를 낮춰 물었다.

“라인을 보내도 답이 없어. 메시, 넌 하야토랑 라인 안 하냐?”

“보내도 읽었다는 표시가 안 떠.”

“황금연휴에 농구로 유명한 고등학교에 가서 연습할 거라고 좋아했는데. 그래서 동아리도 안 나왔고. 한동안 안 만나서 나도 잘 몰라.”

"걔가 이렇게 오래 결석한다는 건 무슨 일 있다는 거 아냐?"

"나도 그것이 알고 싶다."

폰타 목소리가 자못 컸다. 수업 시간이란 걸 깜빡 잊기라도 한 듯이.

"거기, 수업 중에 잡담하는 녀석! 선생님도 무슨 얘긴지 알고 싶은데. 일단 이리 나와서 이 문제 좀 풀어 봐."

"그런 문제는 식은 죽 먹기죠."

폰타는 한껏 까불대면서 앞으로 나갔다. 그러고는 엉터리 풀이와 답을 넉살좋게 술술 적어 내려갔다. 반 아이들 모두가 웃음을 터뜨렸다.

'저게 바로 폰타의 매력이야.'

메시는 마음이 조금 누그러졌다. 하지만 하야토는 여전히 걱정이 되었다.

하야토는 중학교에 입학한 뒤로 완전히 달라졌다. 모두들 농구부에 들어가서 다른 사람이 되었다고들 말했다.

농구부는 시 대회에 나가면 꼭 결승까지 진출해서 승리를 거머쥐었다. 도 대회에 나가서도 좋은 결과를 가져왔다. 연습은 몹시 엄격했고, 팀워크를 매우 중시했다. 모두들 하야토가 농구부에 들어갔다는 사실에도 놀라워했지만, 일 년 동안 한 번도 쉬지 않고 열심히 연습하는 모습에 그동안의 평판이 확 바뀌었다.

원래 근육질인 데다 발도 빠르고 운동 신경도 좋았다. 뭔가에 집중을 하면 기어코 끝까지 해내는 성미였다. 농구 실력도 나날이 늘어서, 지금은 선배들의 신뢰와 기대를 한 몸에 받았다. 농부뿐 아니라 수업 시간에도 집중을 해서 성적이 쑥쑥 올랐다.

점심시간에 료와 폰타가 옆 반 여학생에게서 몇 가지 정보를 얻어 왔다.

"하야토 말인데, 고등학생들이랑 어울린다나 봐. 고2인 쇼 선배네 집에 들어가는 걸 봤대."

메시가 되물었다.

"쇼 선배? 그 선배, 학교 그만뒀다고 하던데? 고흐 형이 봄 방학 때 그랬어. 질 나쁜 녀석들과 어울린다고. 혹시 하야토, 동아리에서 무슨 일 있었냐?"

료가 말했다.

"하야토라면 성적도 좋고 운동도 잘하는 노력파잖아."

료는 메시, 폰타와 유치원을 같이 다녔다. 하지만 초등학교는 학군이 달라서 하야토를 잘 몰랐다. 메시는 고개를 저으면서 하야토가 초등학교 때 어땠는지 료에게 들려주었다.

"맞는 말이긴 한데, 초등학교 때는 일이 좀 많았어."

하야토는 메시와 같은 초등학교를 다녔다. 3, 4학년 때는 반도 같았다. 저학년 때부터 무서운 것 없기로 유명한 녀석이었다. 3학년 때까지는 오후에 돌봄 교실에서 함께 수업을 받았고, 4학년 때도 메시는 방과 후에 하야토와 같이 노는 날이 많았다.

학교 뒤편에 공원이 있었는데, 거기에 커다란 문어 모양의 미끄럼틀

이 있었다. 남자아이들이 가장 좋아하는 놀이터였다. 하지만 상급생들이 뒤늦게 나타나 한 소리 하면 하급생들은 무조건 자리를 양보해야 하는 이상한 규칙이 있었다.

그럴 때 하야토는 상대가 누구든 간에 앞장서서 맞섰다. 주먹이 하도 빨라서 다툼도 잦았다. 어떤 부모님들은 아이에게 하야토와 놀지 말라고 주의를 주기도 했다.

하지만 메시는 하야토가 좋았다. 믿을 수 있는 녀석이라는 생각이 들었다. 하야토는 선생님이나 어른들에게 야단맞을 때도 도망치거나 숨지 않았다. 눈을 똑바로 쳐다보며 자신의 의견을 또랑또랑하게 말했다. 그래서 입에 발린 소리를 해 가며 어른들의 마음에 들려고 애쓰는 친구보다 하야토가 훨씬 더 믿음직스러웠다.

"아, 물론 료, 너도 믿어."

메시는 과장되게 미간을 찌푸리며 이야기를 듣는 료에게 일부러 이렇게 덧붙였다.

초등학교 때부터 메시는 남들 앞에 나서는 걸 잘 못했다. 곤란한 일이 생길 때마다 하야토에게 의지하곤 했다. 그런데 5학년이 되면서 메시가 평일에도 축구 교실에 나가는 바람에 같이 노는 날이 줄어들었다. 다른 친구들도 학원 때문에 몹시 바빠졌다. 그때부터 하야토는 방과 후에 혼자 있는 날이 많았다.

"학교가 같으니까 언제든 같이 놀 수 있어."

메시가 이렇게 말했을 때, 하야토는 문어 미끄럼틀 위에 서서 이쪽을 멍하니 바라보고 있었다. 약간 쓸쓸해 보이던 그 미소가 지금도 생생하게 머리에 남았다.

5~6학년이 되면서 하야토는 시간이 남아돌게 되었다. 그 무렵 친구들의 집 초인종을 누른 뒤 도망치는 장난은 그나마 나은 축에 속했다. 중학생들과 어울려 다니며 과자 가게에서 물건을 훔치다가 그 중학생과 다퉈서 상처를 입히는 등 평판이 몹시 나빠졌다.

"하야토는 요령이 없어."

폰타가 못 참겠다는 듯 갑자기 끼어들었다.

"문어 미끄럼틀에서 상급생이 날 밀어서 떨어뜨린 적이 있는데, 그때 하야토가 완전 열 받아서 그 상급생한테 덤벼든 적이 있어."

료는 깜짝 놀란 표정을 지었다.

"정말? 전혀 몰랐어. 하야토가 그랬다는 게 상상이 안 돼. 근데 일주일이나 결석하고 쇼 선배네 집에 드나드는 건 안 좋은 징조인데. 어떻게 된 일인지 슈조한테 한번 물어볼까?"

슈조는 메시네 반 담임 선생님 별명이었다. 체육 담당이며, 농구부를 맡고 있었다. 요즘 세상에 보기 드문, 테니스계의 전설 마쓰오카 슈조 같은 열혈 교사였다. 언젠가부터 학생들이 '슈조 선생님'이라고 부르기 시작했다. 본인도 싫지는 않은 기색이어서 공식 별명이 되었다. 그러다가 '슈조 선생님'이라고 부르기도 귀찮아져서 아이들끼리는 친근감을 담아

'슈조'라고 불렀다.

슈조라면 분명 하야토가 결석하는 이유를 알 터였다. 하야토가 슈조를 많이 따랐는데, 메시는 그 둘의 만남이 하야토를 긍정적으로 바뀌게 만들었을 거라고 생각했다.

"슈조가 방과 후에 교무실에 오라고 했으니까, 그때 슬쩍 여쭤 볼게."

"안녕하세요!"

메시가 교무실에 들어서며 기운차게 인사를 하자, 슈조가 자리에서 일어나 손짓을 했다.

"너, 체육 수행 과제 안 냈더라?"

"아, 참! 깜빡했어요."

"깜빡하다니. 너 혼자야, 안 낸 사람. 내일 아침까지 내라."

"네. 슈조 선생님, 항상 감사합니다."

"맘만 먹으면 할 수 있는 거니까 마감 꼭 지켜."

메시는 하야토 얘기를 어떻게 꺼내야 할지 몰라서 우물쭈물하며 잠시 서 있었다.

"왜? 무슨 걱정 있어?"

"그게……, 네."

메시는 질문을 하려고 숨을 들이켰다. 그때 슈조가 한숨을 내쉬면서 먼저 입을 열었다.

"실은 선생님도 걱정이 있는데, 하야토가 왜 결석하는지 혹시 아는 거 있니?"

"네? 선생님도 모르세요? 저도 그걸 여쭤 보려고 했는데요."

"그렇구나. 집에 전화해도 안 받네. 문자 보내도 답이 없고."

"저도 문자 보냈는데 확인을 안 해요."

"오늘 가정 방문을 갈까 하는데, 혹시 그 전에 하야토를 보면 얘기 좀 나눠 봐."

메시는 문득 의아한 생각이 들었다.

"근데 왜 저한테 그러세요?"

"걔가 선생님한테 초등학교 때 이야기를 많이 해 줬는데, 네 이름이 꽤 자주 나왔거든. 너와 놀 때가 제일 재미있었다고, 가장 좋아하는 친구라고 하던데?"

메시는 조금 양심에 찔렸다. 마지막으로 같이 공원에서 놀던 날, 문어 미끄럼틀 위에서 쓸쓸하게 미소를 짓던 하야토. 그걸 보고도 짐짓 모르는 척하고 평소처럼 똑같이 웃으면서 손을 흔들었던 기억이 떠올랐다.

메시는 하굣길에 인생당 앞을 지나갔다. 사이토 아저씨라면 이럴 때 어떻게 할까? 그런데 책방 문이 닫혀 있었다.

"쉬는 날인가?"

곧장 집으로 가서 축구 연습 갈 준비를 했다. 식탁에 놓인 주먹밥 두 개를 가방에 챙겨 넣은 뒤 물병에 이온 음료를 따랐다. 그러고는 평소보다 한 시간 일찍 집을 나섰다. 인생당 앞을 다시 지나가는데, 이번에는 문이 열려 있었다.

"안녕하세요?"

자전거를 탄 채 책방 안을 향해 인사를 건넸다. 사이토 아저씨는 보이지 않았다. 자전거에서 내려 안으로 걸어 들어갔다.

"사이토 아저씨!"

몇 번을 불렀지만 안에선 기척이 없었다.

"아무도 없는데 불이 켜져 있고 문도 열려 있어."

이렇게 중얼거리면서 밖으로 나오는데, 입구 옆에 쌓아 놓은 헌 잡지 더미에 발이 걸렸다. 맨 위에는 스포츠 잡지《넘버(Number)》가 놓여 있었다. 표지 사진이 전 축구 선수 나카타 히데토시였다.

"'국경을 넘은 축구 선수 유럽의 기록'. 뭐지?"

메시는 계산대 위에 쪽지를 남겨 놓기로 했다.

사이토 아저씨에게

의논하고 싶은 게 있어서 왔는데 안 계시네요. 다음에 또 올게요.

입구에 있는 나카타 히데토시가 표지로 나온 잡지, 절대 팔지 마세요.

좀 읽어 보고 재미있으면 살게요.

그리고 문을 열어 놓은 채 외출하시면 위험해요.

_메시

다시 자전거를 타고 가다가 동아리 활동으로 달리기를 하고 있는 폰타와 마주쳤다.

"나, 축구 연습 가기 전까지 하야토 좀 찾아볼게."

메시는 폰타에게 이렇게 말한 뒤 문어 미끄럼틀 쪽으로 향했다.

오랜만에 찾아간 공원이었다. 메시가 뛰어놀던 수년 전에는 방과 후가 되면 초등학생들이 바글바글 모여서 축구나 술래잡기, 아니면 자전거를 타면서 놀곤 했다. 그런데 지금은 아이들이 그다지 보이지 않았다.

공원 구석에는 '야구·축구 금지'라는 푯말이 서 있었다. 초등학생 몇 명이 벤치에 앉아서 게임을 했다. 문어 미끄럼틀을 서로 차지하려고 다투던 때가 마치 거짓말이었던 양 지금은 텅 비어 있었다.

"초딩들도 바쁘구나."

한때는 매일같이 놀러 왔던 곳인데, 지금은 매우 낯설게 느껴졌다. 주변을 찬찬히 둘러보았다. 공원 앞 맨션, 공원에서 바라다보이는 과자 가게, 주변을 둘러싼 벚나무……. 주변 경관은 그때와 딱히 달라진 게 없었다.

메시는 자전거를 탄 채 공원을 천천히 한 바퀴 돌았다.

"하긴, 여기 있을 리가 없지."

이윽고 장수풍뎅이가 많이 잡히는 공원과 가재를 잡던 연못, 물놀이를 하던 강가를 차례로 둘러보았다. 하야토와 둘이서 해가 저물 때까지 구멍을 파느라 정신없었던 공터 앞을 지나가는데, 새 집이 들어서 있는 게 보였다.

메시는 하야토가 이런 곳에 올 리가 없다고 생각하면서도 함께 놀던 곳을 또다시 하나하나 살펴보았다.

"이제 연습하러 가야 하는데……, 이러다 늦겠어."

자전거 방향을 홱 트는 순간, 작은 다리 옆의 편의점에서 하야토가 걸어 나오는 모습을 발견했다. 자전거 속도를 높여서 하야토 앞으로 달려갔다. 도망치지 못하게 앞을 가로막으며 아슬아슬하게 자전거를 멈추었다. 요란한 브레이크 소리가 맞은편 맨션에까지 들릴 만큼 크게 울렸다.

끼익!

"깜짝이야! 뭐냐! 엇, 메시, 오랜만이다!"

역시 하야토였다. 몸을 획 비키더니 먼저 반갑게 인사를 건넸다.

"오랜만이고 뭐고, 학교엔 왜 안 오냐? 머리 꼴은 또 그게 뭐고?"

하야토 머리칼이 밝은 갈색으로 물들어 있었다.

하야토가 씩 웃었다.

"멋있지? 어울리냐? 선배가 염색해 줬어."

메시는 당장 하야토를 향해 쏟아 내려던 말을 꿀꺽 삼켰다.

"따라와. 둑에서 얘기 좀 하자."

메시는 그날 축구 연습에 빠졌다. 하야토와 커다란 강가의 둑으로 가는 건 초등학교 4학년 여름 이후 처음이었다. 학교에선 아이들끼리 둑에 놀러 가면 안 된다고 했지만, 둘은 딱 한 번 몰래 가 본 적이 있었다.

둑에 도착하자 해가 기울기 시작했다.

"하야토, 왜 학교에 안 오냐? 동아리라도 나와."

"그걸 말이라고 하냐? 어떻게 동아리에만 가?"

하야토가 빙그레 웃었다.

둑에 나란히 앉자 하늘이 금색으로 빛나기 시작했다. 둘은 잠시 동안 금색으로 물드는 세상을 말없이 바라보았다.

까마귀가 여러 마리 날아다녔다. 저녁놀은 완만한 산의 능선으로 빨려 들어가고, 하늘과 산 사이에는 주황빛이 아스라이 남았다. 저녁놀이 지는 광경은 정말 오랜만이었다. 곧이어 해가 산 너머로 완전히 저물었다.

메시는 더 이상 참지 못하고 먼저 입을 열었다.

"연휴 때 뭔 일 있었냐?"

하야토는 둑 위로 파랗게 자라난 풀을 마구 잡아 뽑으면서 더듬더듬 말문을 열었다.

1월 말에 열린 지역 선발 선수권 대회에서 농구 강호 고등학교 감독의 제안을 받았다고 한다. 봄 방학과 황금연휴 때 자기네 고등학교에 와서 같이 연습해 보지 않겠느냐는 것이었다. 2학년에게는 이례적인 일이었다. 슈조도 그 연습에 참가하는 것을 권했다나.

사립 명문 고후 고등학교……. 농구 좀 하는 중학생이라면 누구나 동경하는 학교였다. 공부와 운동 부분에서 모두 우수할뿐더러 교칙도 매우 엄격했다. 성적이 어느 정도 이상이 안 되면 아무리 농구를 잘해도 입학을 허가하지 않았다.

"나, 정말 기뻤다. 중학생이 돼서 농구부 들어가는 바람에 진짜 힘들었거든. 하지만 선배들과 슈조가 인정해 주고, 또 친구들도 응원해 줬지. 초등학교 때는 그런 적이 없었는데……."

"응."

"난 학원을 안 다녀서 공부를 못한다고 포기했는데, 중학교 들어가서야 수업 시간에만 집중해도 어느 정도는 할 수 있다는 걸 알았어. 1학년 성적이 좋아서 별문제 없다고 고후 고등학교 감독님이 말씀하셨지. 그런 것도 기뻤고."

"잘됐네."

"고등학생들 틈에 끼여서 농구 연습을 해 봤더니 수준이 높아서 엄청 재미있는 거야. 집에 갈 때 감독님이 중학교 졸업하면 그 학교로 오라고 하셨을 땐 정말 날아갈 것만 같았어. 네, 갈게요! 하고 얼른 대답했지."

"당연히 그래야지! 좋겠다, 고후 고등학교! 부럽다."

"집에 가서 엄마한테 그 얘기를 했어. 엄청 기뻐하시는 거야. 그래서 이것저것 알아봤지. 학비는 어느 정도이고, 체육 특기생으로 추천받으면 면제가 되는지도."

"응."

"학비 면제 같은 건 없었어. 그리고 체육 특기생으로 추천받으면 기숙사에 들어가야 돼. 그 비용도 절반은 내야 하고. 우리 집 형편으로는 어림도 없어. 우리 집은 엄마밖에 없잖아. 파트타임 수입만으로는 감당이 안 돼. 나도 알바는 못하게 돼 있고. 어쩔 수가 없어."

메시는 가슴이 미어졌다. 조금 전에 부럽다고 한 말이 몹시 후회되었다. 하야토는 밝은 목소리로 말을 이었다.

"그래서 연휴가 끝났을 때는 충격을 먹은 탓에 학교를 좀 빼먹어야겠다는 생각이 들더라. 슈조 얼굴도 못 보겠고."

"응."

"나, 있잖아."

하야토는 갑자기 밑을 내려다보며 말했다.

"농구고 공부고 계속해서 뭐 하나 싶어. 이 세상에는 돈이 없다는 이유만으로 어쩔 수 없는 게 너무 많아."

어느새 강둑이 어둠에 감싸였다. 하야토의 표정이 보이지 않았다. 그 뒤로 하야토는 입을 꾹 다물었다.

메시는 가방에 있던 주먹밥을 꺼내서 하야토에게 하나를 건넸다. 깜깜한 어둠 속에서 둘은 주먹밥을 먹었다.

하야토는 "맛있다."라고만 했다.

메시는 하야토를 위로하지도 못하고 기운을 북돋아 주지도 못했다. 단지 "월요일에 학교에서 보자."라는 말만 남기고는 그냥 헤어졌다. 자전거를 천천히 몰면서 인생당 앞을 지나는데, 불이 켜져 있는 게 보였다.

"사이토 아저씨!"

메시는 자전거에 탄 채 책방 안을 향해 목청껏 소리쳤다.

"아아, 메시구나? 아까는 고마웠다."

아저씨가 책방에서 걸어 나왔다.

"어디 다녀오셨어요? 문도 열어 놓고."

"오늘은 저녁때 문을 열었는데, 책방에 온 할머니가 죽순을 먹겠느냐고 물어보시잖아. 그래서 달라고 했더니 당장 가지러 가자고 하셔서 따라갔다가 죽순을 직접 캐느라고."

조금 전에 하야토와 나눈 심각한 이야기와 분위기가 너무 달라서 웃음이 났다.

"사이토 아저씨, 그런 식으로 일해도 책방은 괜찮아요?"

"메시야, 오늘은 왠지 현실적이구나. 찹쌀떡도 혼자 다 못 먹을 만큼 많이 받았는데……, 좀 먹고 갈래?"

"그럼요!"

책방 안으로 들어가자, 아까 입구에 쌓여 있던 잡지가 절반 정도 창가의 선반 책장에 꽂혀 있었다.

"여기에 선반이 있었어요?"

"좀 전에 배달받았다. 잡지도 꽂아 놓고 싶어서. 내일까지 정리하려고 했는데 좀 쉬었다 할까? 참, 네가 쪽지에 써 둔 잡지, 저쪽에 챙겨 뒀다."

"감사합니다."

아저씨는 접이식 의자에 앉은 메시 무릎에 신문지를 펴 놓고 찹쌀떡이 여섯 개 들어 있는 팩을 내밀었다. 죽순 할머니가 만든 수제 찹쌀떡이라고 했다.

"축구 연습하고 가는 길이니?"

"사실은 오늘 연습 땡땡이쳤어요. 아, 하지만 축구에 대한 자세는 지난번에 아저씨와 얘기한 뒤로 많이 바뀌었어요. 오늘은 친구한테 일이 좀 있어서."

"너도 참 바쁘게 사는구나."

메시는 사이토 아저씨에게 하야토 얘기를 했다. 하야토가 학교를 결석한 것, 하야토를 만나고 둑에서 들은 이야기, 그리고 마지막에 질문을 한 가지 했다.

"세상은 역시 돈이 없으면 어쩔 수 없는 게 많은 걸까요?"

아저씨는 찹쌀떡을 막 입에 넣은 참이었다. 오른손으로 입을 막고선 왼팔을 뻗으면서 메시의 말을 막았다.

"하까만."

"네?"

계산대 안쪽의 작은 냉장고에서 보리차를 꺼내 컵 두 개에 차례로 따랐다. 한 컵을 마시고 나서 나머지 한 컵은 메시에게 내밀었다.

"한 입에 먹기에는 너무 커. 어어, 뭐라고 했더라?"

"역시 돈이 없으면 어쩔 수 없는 게 많냐고요."

"돈이라……, 있으면 좋긴 하지."

아저씨는 손에 묻은 찹쌀떡 가루를 물수건으로 깨끗이 닦고는, 메시가 팔지 말라고 부탁했던 잡지를 펼쳤다. 아저씨의 콧잔등에 가루가 묻어 있었다.

"이거 아까 대충 훑어봤는데, 축구 특집 기사 말고도 좋은 기사가 있더라. 혹시 야구 선수 구와타 마스미를 아니?"

"교진 팀에서 활약한 사람이요?"

"맞아, 맞아. 고교 야구 때부터 활약했지. 정말이지 굉장한 선수였어. 이 잡지에 그 선수 기사가 실려 있는데, 가정 형편이 별로 좋지 않았나 보더라."

아저씨는 그 페이지를 펼쳐서 메시에게 내밀었다.

"앗, 이 사람, 모델과 뮤지션으로 활동하는 매트의 아버지죠?"

"요즘은 아들이 더 유명한가? 지금은 야구 선수로 크게 성공해서 잘 사는 모습이 텔레비전에 나오지만, 어릴 때는 집안 형편이 몹시 어려워서 온 가족이 부업을 했다나 봐. 그런데 중학생 때까지 자신의 집안이 가난하다는 걸 모르고 지냈대. 어머니가 중간에서 애를 많이 쓰셨던 거지."

메시는 찹쌀떡 세 개를 게 눈 감추듯 먹은 뒤, 아저씨가 나머지 잡지들을 선반에 정리하는 동안 접이식 의자에 앉아서 그 기사를 읽었다.

"저는 하야토가 공부하기 싫어서 학원에 안 다니는 줄 알았어요. 사실은 그게 아니라 못 갔던 거였어요. 다른 걸 배우지도 못했을 거예요. 하지만 중학교에 들어간 뒤에 엄청 열심히 노력해서 농구와 공부 모두 실력을 인정받고 고후 고등학교에 추천받아 입학할 기회가 생겼는데……, 돈이 없어서 못 간다잖아요."

"어릴 때는 돈이 크게 상관없을 수도 있어. 의식 안 하고 지낼 수도 있고. 하지만 살다 보면 돈이 있느냐 없느냐로 할 수 있는 것과 없는 것이 분명히 생기게 돼. 중요한 건 그걸 깨달은 다음에 어떻게 하느냐가 아닐까? 구와타 마스미는 어머니가 꿰매 준 야구 양말을 신었다가 놀림받았을 때 어떻게 했다고 적혀 있던?"

메시는 조금 전에 읽은 부분을 다시 찾았다.

"괜찮아요, 엄마가 열심히 기워 주셨잖아요. 전 야구를 잘할 수 있으면 그걸로 됐어요."

"그 사람은 어머니가 고생하시는 걸 알고 집을 지어서 편안하게 살게 해 드리자고 결심했어. 그리고 이 기사의 마지막 문장이 정말 좋지 않니?"

구와타의 야구 실력은 이때부터 엄청난 상승 곡선을 그리기 시작한다.

메시는 마지막 문장을 소리 내어 읽었다. 신기하게도 소리 내서 읽자 뭔가 힘이 나는 듯했다.

하야토도 이런 힘을 손에 넣으면 무서울 게 없을 터였다. 상황은 다르지만 하야토의 미래도 지금 어떻게 생각하고 어떻게 행동하느냐에 달린 셈이었다. 농구부는 고후 사립 고등학교에만 있는 게 아니다. 공립 학교면 어떤가? 그 정도 실력이면 자신감을 가지고 나아가면 된다.

"사이토 아저씨! 저요, 힌트를 얻은 거 같아요. 이거 연재 같은데 앞뒤 호도 다 빌려 주세요. 월요일에 하야토한테 보여 줄래요. 아니, 내일 집에 직접 가져다줄게요."

"우린 대여점이 아니라 헌책방인데? 이번만 특별히 봐줄게. 네가 거기서 찾아 가지고 가거라."

메시는 그날 온종일 하야토 생각으로 머리가 꽉 차 있었다. 그런데 집으로 가다가 불현듯 자신의 상황에 생각이 미쳤다. 이게 꼭 남의 일만이 아니잖아?

축구 클럽 팀에 다니려면 학교 동아리와 달리 비용이 많이 들었다. 유니폼과 연습복도 필요하고, 스파이크(바닥에 뾰족한 징이나 못을 박은 운동화.—옮긴이)도 몇 달 신으면 바꿔야 했다.

"나한테도 돈이 많이 들겠지?"

메시는 집에 도착해 문을 열고 거실로 들어가자마자 이렇게 말했다.

"주먹밥, 잘 먹었어요."

"갑자기 왜 그러니?"

엄마가 마시던 커피를 내뿜으며 되물었다.

메시에게

넌 갑자기 아주 본질적인 질문을 던지는구나. 속으로 흠칫 놀랐단다.

"세상은 역시 돈이 없으면 어쩔 수 없는 걸까요?"

오늘 네 질문은 정말 어려웠어. 아저씨도 내내 생각하는 문제였거든.

아까는 마침 거기에 있었던 구와타 마스미 씨의 기사로 도움을 받았지만, 아저씨도 아저씨 나름의 생각을 전해 주려고 해.

"돈은 아무 상관없어.", "노력하면 어떻게든 돼."라고 간단히 대답할 수도 있지만, 세상은 그렇게 단순하지가 않아.

어려운 상황에 있는 하야토에게 너랑 내가 돈을 줄 수도 없잖니? 수입이 많은 집 아이는 학원에 다니면서 공부를 하니까 실제로 입시에 유리할 수 있겠지. 요즘은 한 가정의 수입과 학력이 비례한다는 말도 있잖니? 누구나 같은 출발점에서 시작하는 건 아니야.

하야토는 그 사립 명문 고등학교에 들어갈 기회가 있는데, 학비를 내기 어려워서 못 간다는 사실에 꽤나 충격을 받은 것 같더구나. 하지만 공립 고등학교와 사립 고등학교 모두 수업료를 지원받을 수 있는 장학금 제도가 있어. 그만한 학교에서 입학을 제의할 정도라면 다른 학교에도 장학생으로 스카우트될 가능성이 있지 않을까?

길은 하나가 아니야. 가려던 길이 막히면 다른 길을 선택하면 돼. 그럴 때의 배움은 살아가는 데 아주 큰 힘이 된단다.

아주 오래전, 신분 제도가 있던 시대에는 어땠을까? 아무리 배우고 싶고 실력이 있어도 신분 차이에 따른 격차가 엄격하게 존재했어. 자신이 좋아하는 직업을 선택할 자유도 없었지. 세습되었으니까. 근대로 접어들면서 신분이나 집안에 상관없이 다양한 직업을 가질 수 있게 된 건 참으로 근사한 변화야.

아저씨는 배움이 그 사람의 인생을 바꾸고 사회를 바꾼다고 믿어. 배운다는 행위는 단지 우수한 고등학교에 합격하는 것만이 목적이 아니거든. 그건 어디까지나 과정일 뿐이지. 예를 들면, 이번 일로 네가 이 사회에 뭔가 불만을 느꼈다면 배움으로써 사회를 바꿔 가는 힘을 손에 넣을 수 있다는 의미야.

2006년에 노벨 평화상을 수상한 무함마드 유누스라는 사람이 있어. 극심한 기근으로 생활이 어려워진 사람을 위해 구호 활동을 펼친 사람이야. 방글라데시에 '그라민 은행'을 세워 무담보 소액 대출 제도를 만들고, 가난한 여성들에게 일자리를 제공해 생활 수준을 향상시켰지.

《가난 없는 세상을 위하여》라는 책을 읽어 보면 무함마드 유누스의 생각을 알 수 있어. 그 책 첫 장에 이런 말이 나와.

가난이 없는 세상을 만들고 싶은 모든 사람에게

지금 네 생각과 겹치는 부분이 있지 않을까?

다른 사람을 생각하고 사회문제를 해결하는 구조를 만들기 위해서라도 우리는 계속 배우고 생각해야 해. 배움으로써 뭔가 다른 길을 찾을 수 있을 테니까.

네가 이 사회에 어떤 의문을 가지고 있는지 궁금하구나.

교과 공부는 시간 낭비?

예술과 철학

4

"아아, 망했다."

고호는 의자에 앉은 채 마치 고양이가 기지개를 펴듯 두 팔을 쫙 뻗었다가 움츠렸다. 뒷자리에 앉은 나오가 고호가 쥔 답지를 휙 채갔다.

"아무리 망했어도, 중간고사 끝!"

그 말을 남기고는 답지를 차례로 걷으면서 앞으로 나아갔다.

1학기 중간고사 마지막 날. 마지막 시간은 영어 시험이었다. 나오가 답지 뭉치를 선생님에게 제출하고 자리로 돌아와 고호에게 말을 건넸다.

"넌 미대 갈 거니까 성적은 그리 상관 없잖아."

"그게 말이야, 아주 상관 없지는 않아. 미대라고 해서 실기 시험만으로 들어갈 수 있는 게 아니거든."

나오는 1학년 때부터 같은 반인데 성적은 그저 그랬다. 초등학교 때부터 드럼을 배워서 고등학교에 온 뒤로 선배와 밴드를 결성했다. 그래서 축제 마지막 날 행사 때 라이브로 대미를 장식했다. 다른 밴드 드러머에

비해 실력이 뛰어난 데다 퍼포먼스 역시 기타나 보컬보다 눈에 띄었다. 생김새도 산뜻하고 성격도 좋았다. 그래서 여학생 팬이 많았다.

나오는 집에 갈 준비를 하면서 고흐에게 계속 질문을 던졌다.

"필기 시험도 준비해야 하는 거야?"

"국어와 영어는 해야 하는 것 같아. 그래도 실기 연습을 열심히 하면 어떻게든 되겠지. 오늘 학원에 가 보려고. 다음 달부터 본격적으로 입시 학원에 다녀 볼까 싶어서."

마침 미술 학원을 검색하던 참이라서, 스마트폰 화면을 나오에게 보여 주었다.

"흐음, 신주쿠면 너희 집에서 갈 때 학교랑 반대 방향이잖아? 고생 좀 하겠네."

"남의 일처럼 말하네. 넌 아직 전공 안 정했냐?"

"응, 그때 봐서 갈 수 있는 과로 정하려고. 진로 희망도 대충 적었어."

"드럼 실력 아까운데 계속하지 그러냐?"

"해야지. 하지만 음대 갈 정도는 아니어서. 그래서 아무 과나 괜찮다는 거야. 그렇다고 공부가 싫은 것도 아니고. 3학년 되면 결정하지, 뭐."

"너랑 얘기하고 있으면 대학 가기가 엄청 쉬울 것만 같아. 드럼은 어떻게 하고?"

"드럼으로 먹고살지는 않을 거야. 학생 때 밴드 활동하다가 스카우트 되는 거라면 생각해 볼 만하지만."

나오는 천연덕스럽게 웃으며 너스레를 떨었다.

“나라면 분명 널 스카우트할 텐데. 근데 지금 너네 밴드 보컬, 네 드럼에 죽는 것 같더라.”

“선배라서 뭐라고도 못 해. 뭐, 나도 아직 연습 중이니까. 오늘도 연습이 있어서. 내일 보자.”

창가 맨 뒷자리에 있던 나오가 교실을 나갈 때 여학생 여러 명이 다가가 말을 걸었다. 여학생들은 나오가 지나간 뒤에도 눈으로 계속 뒷모습을 좇았다. 반에서 여학생 3분의 1 정도는 나오에게 마음이 있는 것 같았다.

나오가 뭔가에 얽매이지 않고 산뜻하게 살아가는 것이 멋있게 느껴졌다. 좋아하는 드럼만 고집하지도 않았다. 그저 즐기고 있는 셈이었다. 실제로는 어떤지 모르겠지만 막연하게 그런 느낌이 들었다. 모두들 그런 면을 동경하고 마음이 끌리는 거겠지.

“인기 있는 녀석은 뭔가 여유가 있단 말이야.”

고흐가 교실에서 나갈 때는 남학생들만 말을 건넸다.

언제나처럼 전철을 타고 강을 건넌 다음, 집에서 가장 가까운 역을 지나 이십 분을 더 갔다. 종점인 터미널 역에서 걸어서 다시 십오 분…….

생각보다 멀었다. 전자제품 대리점과 아웃도어 용품점이 늘어선 모퉁이를 지나쳐 큰길을 따라 걸어갔다.

“길 막히는 게 싫어서 교외에 있는 고등학교로 갔는데, 학원은 결국 도

심으로 다니게 되는구나."

일단 미술을 전공하기로 정했지만, 입시를 위해 무엇을 준비해야 하는지는 잘 알지 못했다. 여기가 시작점이었다. 얼마 전에 미술부 선배가 입시 학원부터 다니라는 조언을 해 주었다. 선배 말도 참고하고 인터넷에서 평판을 찾아 비교해 본 뒤 고른 학원을 지금 찾아가는 것이다.

"어서 오세요. 이쪽으로 따라오세요."

강사가 안내한 강의실에는 이젤이 어지럽게 늘어서 있었는데, 중앙에는 석고상이 놓여 있었다.

"편한 데 앉아요."

수업 시작은 오후 2시. 삼십 분 정도 간단한 설명을 듣고 각자 데생을 하기 시작했다. 한 사람씩 차례로 중간에 빠져나가 학부모 상담을 하는 식으로 해서 오후 7시 반까지 약 다섯 시간 동안 그림을 그렸다. 마지막 삼십 분은 전체 강평 시간이었다.

패널에 화용지를 클립으로 고정시키자 연필과 연필깎이, 찰지우개를 나눠 주었다. 다른 사람들은 망설임 없이 쓱쓱 그림을 그리기 시작했다. 고흐는 미술부에서 데생을 해 봤지만, 주변의 속도와 익숙한 손놀림에 압도되어 기가 죽었다. 그래서인지 집중력이 자꾸 떨어져 속도가 붙지 않았다.

학부모 상담 시간은 사전에 약속이 되어 있었다. 엄마가 그 시각에 맞춰 학원으로 왔다. 앞 사람의 상담이 끝날 때까지 복도에서 십여 분을 기다렸다.

"그림도 벌써 그려 봤니?"

"데생을 했는데 모두들 굉장해. 무지 잘 그려요."

앞 사람 상담이 끝나고 엄마와 학생이 밖으로 나왔다. 상담실에는 젊은 여자가 앉아 있었다.

"목표 대학과 전공은 정했어요?"

"그게……, 아직 잘 모르겠어요. 동양화를 해 보면 어떨까 해요."

고호의 대답을 엄마가 이었다.

"미대 입시는 전혀 몰라서 기본 사항부터 알려 주셨으면 하는데요."

"구체적인 전공은 3학년 때 정해도 괜찮습니다."

그렇지만 지금처럼 미술부에서 그리고 싶은 그림만 그려서는 미대에 합격하지 못한다고 했다. 2학년 동안은 일주일에 이삼 일, 3학년이 되면 일주일에 육 일 정도 학원에 와서 무조건 많이 그려야 한다고도 했다. 그리고 내신 성적 관리를 소홀히 해서는 안 된다나. 입시 때 국어와 영어 외에 탐구 과목을 하나 더 반영한다고 했다.

"2학년 때 데생 기초를 확실하게 다지고, 3학년부터는 지원하려는 과를 정해서 거기에 맞춰 준비를 합니다. 미대는 실기 시험 비중이 크다 보니까 일반 대학보다 진학하기가 수월하다고 생각하는 분들이 많아요. 하지만 실제로는 그렇지 않아요. 아주 혹독하다고 생각하고 임했으면 합니다. 다시 말하지만, 내신 공부도 열심히 하고요."

엄마는 상담 후 집으로 돌아가고, 고흐는 이젤 앞으로 가서 앉았다. 눈앞에 뻗은 길이 결코 만만치 않다는 사실에 괜스레 움츠러들었다.

마지막 강평은 처참했다. 고흐는 시간이 부족해 만족스러운 수준까지 완성하지 못했다. 잘 그린 순서대로 그림을 앞에 붙여 놓았다. 한눈에도 실력 차이가 확연하게 느껴졌다. 강사가 그림을 보면서 전체적인 강평을 했다.

"무엇보다 정해진 시간 내에 완성하는 게 가장 중요합니다. 시간을 어떻게 배분할지 잘 생각한 뒤 무조건 완성하도록 하세요. 여기부터 밑에 있는 사람들은 아직 출발점에 서지 못한 겁니다."

고흐는 '여기부터 밑에 있는 사람' 중 한 명이었다.

강사는 강의실에서 나갈 때 고흐를 특별히 격려해 주었다.

"오늘은 첫날이니까. 만족스러운 데까지 완성하지 못한 건 좀 속상할 거야. 데생은 익숙해지면 금방 시간 내에 그릴 수 있게 돼. 다음에는 꼭 만족스러운 작품을 보여 줘야 한다."

강사는 고흐의 생각을 다 꿰뚫은 듯했다. 얼마나 한심한 얼굴을 하고 있었는지를 생각하면 위로의 말조차 괴롭게 느껴질 정도였다.

학원에서 나오자 갑자기 피곤함이 밀려왔다. 학교에서 나오와 막연히 얘기를 나눌 때와는 미대 입시에 대한 생각이 크게 바뀌었다. 마치 그 뒤로 여러 날이 흐른 것 같았다. 너무 만만하게 생각했다.

'국어나 영어뿐 아니라 실기도 장난이 아닌걸. 데생 연습을 더 열심히 해야 해.'

고호는 집으로 돌아가는 전철에서 마음을 다잡았다. 학원에서 준 스케치북을 든 손에 힘이 들어갔다. 무조건 그리고 그리고, 또 그려야 한다. 그렇게 하면 점점 더 나아지겠지. 그렇게 한다 해도 그림 그리는 게 싫증나지는 않을 거다. 그것만큼은 그 누구에게도 지지 않을 자신이 있었다. 한편으로는 또 다른 걱정이 생겼다.

"필기 시험이 마음에 걸리네."

영어와 국어, 그리고 탐구 과목. 사회 탐구와 과학 탐구 중에서 어느 걸 고르는 게 좋을까? 어쨌든 역사 관련 과목은 피하고 싶다. 연도나 시대를 외우는 게 너무 어렵다. 생명과학은 그나마 괜찮은 편인데……. 하지만 그런 과목들은 그림과 전혀 상관 없다는 생각이 불쑥 들었다.

그림과 진지하게 마주하려면 영어와 국어, 수학, 생명과학 같은 과목을 공부하는 데 할애하는 시간이 너무 아깝게 여겨졌다. 사실은 전철을 타는 시간도 낭비였다. 지금이라도 당장 데생을 연습하고 싶었다.

다음 날은 일요일이었다. 평소라면 늦잠을 자고 있을 고호가 아침 일찍부터 부스럭거리며 일어났다.

아마도 메시는 조깅을 하러 나간 듯했다. 거실에 티셔츠와 스웨터를 벗어서 내동댕이쳐 두었다. 엄마는 거실 소파에 잠들어 있었다.

"이젤이나 사러 갈까?"

집 근처 마트에 갔지만 데생용 이젤이 보이지 않았다. 스마트폰으로 '이젤'을 검색했더니 손쉽게 만들 수 있는 방법이 나왔다. 굳이 전철을 타고 사러 가기도 귀찮아서 마트에서 구입 가능한 목재로 이젤을 직접 만들기로 했다.

날씨가 꽤 온화했다. 마트에서 나오다 보니, 길가에 진달래가 활짝 피어 있었다.

"초등학교 때는 하굣길에 친구들이랑 꿀을 빨아먹었는데."

꽃잎을 하나 따서 입에 물었다. 그때와 똑같은 달콤한 맛이 입안에 사르르 퍼졌다.

고흐는 목재를 안고 느긋하게 산책을 하면서 집으로 향했다. 인생당 앞을 막 지나는데, 사이토 아저씨가 뒤에서 불렀다. 처음 들렀던 그날 이후, 고흐는 책방 앞을 지날 때마다 인생당에 들러서 아저씨와 얘기를 나누었다.

"안녕, 고흐야. 오늘은 안 들르니? 뭐 만들려고?"

고흐는 걸음을 멈추고 뒤를 돌아보며 대답했다.

"이젤을 만들어서 데생 연습을 하려고요."

"그래? 드디어 시동이 걸렸구나. 열심히 해."

고흐는 책방으로 다시 들어가는 사이토 아저씨에게 웃으며 손을 흔들었다. 그러고는 곧장 집으로 가려다가 생각을 바꿔 인생당으로 되돌아갔다.

"사이토 아저씨, 지금 손님 안 계시죠?"

"보다시피…… 아무도 없네?"

"그럼 좀 있다가 갈게요. 아저씨도 시간 많으신 것 같고."

"그래, 얼마든지 환영하지."

고호는 목재를 책장과 벽 사이의 좁은 틈에 조심스럽게 세워 놓고는 책방 안쪽에서 접이식 의자를 꺼내 와 앉았다. 사이토 아저씨는 평소처럼 차를 내왔다.

"오늘은 메밀차로."

"메밀차요? 우아, 대박 맛있는데요? 메밀 비스킷 맛이 나요. 어릴 때 메밀 비스킷 엄청 좋아했거든요."

"메밀로 만든 거니까 향이 같겠지?"

"목재를 안고 걸었더니 지치네요. 좀 쉬었다가 갈게요."

"난 또……. 뭔가 하고 싶은 얘기가 있나 했지."

"잘 아시네요."

고호는 메밀 향을 즐기면서 시야에 들어온 빨간색 표지의 책들을 물끄러미 바라보았다. 과목별 기출 문제집이 열 권 정도 꽂혀 있었다.

"의외네요. 저런 책도 있어요?"

사이토 아저씨가 고호의 시선을 따라갔다.

"아아, 기출 문제집. 저런 건 잘 팔리니까 비교적 새것이 들어오면 앞쪽에 놔두고 있어. 아저씨도 먹고살아야 하니까."

"다들 교과 공부를 열심히 하는구나. 그런데 그런 공부에 무슨 의미가 있을까요?"

"너한테는 아무 의미가 없어?"

"어제 미술 입시 학원에 처음 가 봤거든요. 근데 거기 온 사람들 모두 데생 실력이 장난 아니었어요. 전 그동안 그림에는 어느 정도 자신이 있었는데……, 아무래도 너무 만만하게 생각했던가 봐요. 음, 기가 죽은 건 아니고 스위치가 탁 켜진 느낌이랄까? 그러고 나니까 교과 공부하는 시간이 아깝다는 생각이 들어서요."

"아깝다고?"

"국어나 영어 같은 거요. 그림을 그리는 데 꼭 필요하진 않잖아요. 딱히 필요하지도 않은 과목을 입시를 치르기 위해 열심히 공부해야 한다는 게 좀 그래요. 하고 싶은 일이 정해지니까 그 일만 하고 싶어져요. 그래서 자꾸만 그런 걸 공부하는 시간이 쓸데없다는 생각이 드나 봐요."

"교과 공부는 단지 대학에 들어가는 데만 필요하고, 다른 일에는 전혀 쓸모가 없다는 뜻이니?"

아저씨는 알쏭달쏭한 미소를 짓더니, 평소처럼 의자를 가져와 가까이 앉았다.

"사이토 아저씨는 도움이 된다고 생각하세요?"

"공부에는 자신이 정말 알고 싶어서 하는 공부와 정해진 시기에 해야 하는 학교 공부, 그리고 대학 입시 공부가 있지? 아저씨는 고등학생 때까지 배우는 기초 지식은 나중에 어떤 분야를 선택하든 크게 도움이 된다고 생각하는데?"

"그럴까요?"

"예를 들어 볼까? 너 같은 경우에 외국에 사는 예술가들의 생각이나 기법이 영어로 씌어진 책을 읽고 싶어질 수도 있잖니?"

"으음, 하긴……. 뉴욕의 젊은 예술가들에 대해서 알고 싶어요."

"그럴 때 고등학교 시절까지 배운 어휘력이나 독해력에 따라서 어떻게 행동할지도 달라져. 그 책을 읽기 위해 처음부터 영어를 공부해야 한다면 어떨까? 어차피 못 읽는다는 생각이 들어서 중간에 그만두지 않을까? 하지만 조금만 노력해도 될 것 같으면 사전을 손에 들고 단어를 찾아가며 바로 읽기 시작할 수도 있어. 국어도 그래. 반드시 정보나 지식을 얻기 위해서만이 아니라 더 깊이 있는 사고를 하기 위해서 꼭 필요하지."

"영어나 국어는 그렇다 쳐도 수학이나 생명과학은 아무 연관이 없잖아요."

"자신이 하고 싶은 것만 한다는 건……, 뭐랄까? 막대기 하나가 땅 위에 덩그러니 서 있는 것과 같아. 다른 것도 배우면 그 막대기 주변에 버팀목이 여럿 생기게 돼. 그건 모래나 점토가 되어 단단히 서 있게 도와줄 수도 있고, 주변에 군데군데 흩어져 지지대 역할을 해 줄 수도 있어. 어느 쪽이 더 넘어지기 쉽겠니?"

"막대 쓰러뜨리기 게임의 반대 버전이네요. 어쨌든 막대기가 홀로 서 있기는 어려울 거 같아요."

"혹시 살바도르 달리 좋아하니?"

"살바도르 달리는 고흐 다음으로 좋아해요. 그림이 매우 독창적이잖아요. 무엇보다 그 얼굴이 마음에 들어요."

"살바도르 달리는 히로시마와 나가사키에 원자폭탄이 투하된 뒤 원자핵을 테마로 삼은 작가야. 프로이트의 정신 분석과 종교적인 요소도 그림에 반영했어. 물론 피카소도 지적 호기심이 아주 강한 사람이었지. 세상을 알고 싶다는 욕망과 행동은 창작 활동에 크게 영향을 미칠 거야."

"살바도르 달리가 그런 걸 공부했을 줄 몰랐어요."

"오직 그림만 그리고 싶다면 대학에 가지 않아도 되잖니? 정말로 그림만 그려도 되면……. 너는 왜 대학에 가고 싶지?"

"미대에 가고 싶은데……. 그러게, 왜일까요?"

"배운다는 게 뭘까? 넌 왜 그림을 그리고 싶을까? 어떤 그림을 그리고 싶을까? 왜 미대에 가고 싶을까? 미대에서 무엇을 배울까? 대학에는 어떤 강의가 있을까? 이런 것들에 대해 곰곰이 한번 생각해 봐."

"지금은 조금이라도 시간이 나면 무조건 그림을 그리고 싶어요."

"물론 데생 실력을 확실하게 키우는 게 좋지. 자신이 하고 싶은 걸 하면 마지못해 하는 것보다 훨씬 더 의욕이 생기니까. 그림을 못 그리는 시간, 그러니까 전철로 이동할 때 이걸 한번 읽어 봐."

아저씨가 얇은 문고본을 내밀었다. 데카르트의 《방법 서설》이었다. 기억 어딘가에 책 제목이 희미하게 남아 있었다.

"이 책을 쓴 르네 데카르트가 어떤 사람인지 아니?"

"'나는 생각한다. 고로 존재한다.'고 한 사람이죠? 윤리와 사상 시간에 배웠어요."

"거봐, 윤리와 사상 시간에 수동적으로 배웠어도 도움이 좀 됐잖아. 데카르트는 근대 철학의 아버지라고 불리는 프랑스 철학자야. X축과 Y축을 이용하여 점의 좌표를 정하는 직교 좌표를 생각한 사람이기도 하고. 참, 《방법 서설》에는 '이성의 올바른 사용과 과학적 진리의 발견을 위하여'라는 부제가 달려 있어. 인간의 이성적 사유가 반드시 따라야 할 규범을 세우고, 지식의 체계를 세우기 위한 출발점으로서 '의심'을 비판의 수단으로 삼아야 한다고 주장하지."

"그렇게 말씀하시니까 더 흥미가 안 생기는데요."

"여기서부터가 재미있어. 이 서설은 데카르트가 모든 학문을 배운 다음에 그것들을 내버리고 여행을 떠나는 데서 시작해."

사이토 아저씨가 가리킨 페이지에는 이렇게 씌어 있었다.

이제부터는 나 자신 속, 혹은 세계라는 커다란 책 속에서 찾게 될지도 모르는 학문만을 탐구하기로 결심하고, 남은 청춘을 바쳐서 다음과 같은 일을 했다. 여행을 하고, 여기저기 궁정과 군대를 둘러보고, 기질과 신분이 다른 다양한 사람들과 교류하고, 여러 가지 경험을 쌓고, 운명적인 기회를 잡아서 자신에게 시련을 주고, 어디서든 눈앞에 나타나는 일들을 반성하고, 거기에서 어떤 이점을 끌어내는 일이다.

"'세계라는 커다란 책'이란 말, 마음에 들어요."

"그래. 우리가 배우려고만 마음먹으면 세상 모든 것에서 가르침을 얻을 수 있단다. 그런데 데카르트는 학문을 모두 버린 게 아니야. 수학적 사고법을 자기 인생의 핵으로 삼았거든. 어려운 수학 문제를 풀기 위한 과정이 여러 가지 문제를 생각할 때 도움이 된다는 걸 안 거야. 데카르트가 자기 나름의 방식으로 세상을 해석한 거지. 그렇게 해서 쓴 책이 지금 시대까지 남아 있는 건 다양한 학문을 통해서 배운 기초 지식을 바탕으로 비판적인 검증을 했기 때문이 아닐까?"

"얘기가 좀 어려워졌네요. 신기하게도 단지 윤리와 사상 시간에 잠깐 들은 걸 기억하는 건데도 전혀 모르는 사람 이야기를 듣는 것보다 관심이 생겨요. 윤리와 사상 교과서에 실려 있던 사람이 그런 생각을 했다고 생각하면 재미있어지거든요."

"아마 수업 중에도 선생님이 말씀하셨겠지만, 흥미가 없으면 흘려듣게 돼. 방금 네가 말했듯, 전혀 모르는 것보다는 조금은 알아야 더 알고 싶어지는 법이니까."

"사이토 아저씨는 이 책을 언제 읽으셨어요?"

"고등학교 때 읽었는데, '세계라는 커다란 책'을 해독하기 전에 아직도 읽어야 할 책들이 산더미처럼 많다고 생각했어. 왜냐하면 믿을 수 있는 자신의 이성이라는 게 뭔지 몰랐거든. 그저 불안하기만 했지."

"《방법 서설》을 읽고 달라지셨어요?"

"이 책을 읽으면서 배움이나 생각을 다시 바라보게 되었어. 그동안 억지로 했다고 생각했던 공부를 마주하는 자세가 바뀌었다고 할까? 너도 입시 공부를 하기 전에 이걸 먼저 읽어 보면 좋을 거다. 공부는 그다음에 해도 늦지 않을 테니."

"철학은 저와 전혀 상관 없다고 생각했는데……. 이제는 세상을 살아가는 방법을 담은 그릇이라는 생각이 들어요."

"철학은 과거의 위대한 사람들이 생각해 낸 현실적인 사고 기술이야. 배움이라는 건 어떻게 만나느냐가 중요해. 중고 책과 같아. 너도 네가 흥미 있는 건 스스로 찾아보기도 하고 배우기도 하지?"

"좋아하는 거라면요."

"오늘도 이젤을 안 파니까 직접 만들려고 했잖아. 하지만 흥미가 없으면 스스로 하려고 안 하지."

"그야 시간이 아까우니까."

"학창 시절은 학교 수업과 입시 공부를 통해 아직 관심이 없는 것과도 만날 기회를 얻는 시기야. 나중에 뜻밖의 효과를 얻는 경우도 많아."

"지금 이야기를 듣고 '그래, 공부하자!' 하는 생각이 갑자기 들지는 않지만……. 아무튼 이 책은 읽어 볼게요. 사이토 아저씨를 통해서 만난 책이니까, 분명히 제게 어떤 기회가 될 거예요."

"가방에 넣고 다니면서 마음의 여유가 있을 때 읽으면 좋을 거다."

고흐가 책장을 덮자 뒷면에 가격표가 붙어 있는 게 보였다.

"오늘은 이 책 사 갈게요."

"오, 오, 고맙구나. 소개한 보람이 있는데?"

"주스 값보다 싼데요? 이 책을 읽고 인생의 뭔가가 바뀔지도 모른다고 생각하면 완전 이득이죠."

고흐는 책값을 계산대 위에 올려놓았다.

사이토 아저씨의 인생 편지

고흐에게

오늘은 아저씨가 권한 책을 사 줘서 고맙다. 네가 "사이토 아저씨를 통해서 만난 책이니까."라고 말하는 순간, 헌책방을 열기를 참 잘했다는 생각이 들었어.

많은 학생들이 대학 진학의 목표를 취직으로 정해 놓고 성적을 올리려고 공부하지만, 너처럼 잠시 멈춰 서서 진로나 배움에 대해 다시 생각하는 건 아주 중요한 일이야.

물론 답답한 마음과 괴로운 시간도 많겠지만, 지금 잠시 걸음을 멈추고 이것저것 생각하는 건 분명 네 인생에서 의미 있는 시간이 될 테니까.

여러 가지 과목을 배우는 것과 그림을 그리는 것, 이 두 가지가 지금은 연결되지 않을 수도 있어. 하지만 예술가들은 그림 그리는 능력만이 아니라 문학, 음악, 과학, 수학 등 다양한 학문에서 영향을 받고 영감이나 아이디어를 얻어서 작품을 만들어 왔단다.

아까 언급은 안 했지만, 레오나르도 다빈치는 너도 잘 알지? 15~16세기 이탈리아 예술가로 다재다능한 천재라고 불린 사람이지. 레오나르도 다빈치는 건축가이자 조각가이기도 하고, 빛과 그림자 연구와 인체 해부, 천문학과 물리학에도 조예가 깊었다고 해. 그 유명한 〈모나리자〉나 〈최후의 만찬〉도 이 세상 모든 것을 열심히 연구하는 자세 덕분에 탄생했다지?

레오나르도 다빈치가 남긴 노트에서 메모와 문장을 발췌한 《레오나르도 다빈치 노트북》이라는 책도 있어.

그 책에는 해부에 관해 이렇게 씌어 있단다.

화가는 왜 해부학을 알아야 할까. 화가가 누드 상태에서 팔다리가 취하는 자세나 몸짓을 잘 그리려면 힘줄과 골격, 근육, 근골 등과 관련된 해부학적 지식을 가지고 있어야 한다. 왜냐하면 다양한 운동과 힘이 가해질 때 특정한 힘줄과 근육이 어떤 원리로 작용하는지 알아야 제대로 그릴 수 있기 때문이다.

레오나르도 다빈치는 주변의 모든 것에서 탐욕적으로 배우려 했지. 보이는 부분을 충실하게 그리는 것뿐 아니라 눈에 보이지 않는 신체 구조나 마음의 움직임까지 담아내려 애썼거든.

그림을 그리는 것과는 좀 다를지도 모르지만, 아저씨가 배움의 즐거움에 대해 감명받은 책을 한 권 더 소개할게. 바로 《헬렌 켈러 자서전》이야. 헬렌 켈러가 어떤 사람인지 알려나?

1880년에 미국에서 태어났는데, 19개월이 됐을 때 고열로 시력과 청력을 잃었단다. 보지도 못하고 듣지도 못하고 말도 못하게 된 거지. 그 뒤 어떻게 말문이 트이고, 또 배우는 기쁨을 얻었는지 섬세하게 기록하고 있어.

부모님 목소리도 못 듣고, 주변 사람들의 표정도 읽을 수 없는 어둠 속에서 짜증을 내며 격투를 벌이다가, 살아가는 기쁨을 알게 된 계기는 설리번 선생님과의 만남이었어. 물건에 이름이 있다는 사실조차 모르는 어린아이가 말을 하게 되는 건 결코 쉬운 일이 아니란다.

설리번 선생님에게 마음을 열고 말을 배우고 세상을 알아 가는 모습은 그야말로 감동적이야. 시각과 청각이 닫혀서 세상과 동떨어진 채 살아가야 하는 사람에겐 독서야말로 세상을 알려 주는 방법이 되지.

어느 날, 헬렌 켈러는 우물에서 퍼 올린 차가운 물이 자신의 손에 흐르는 것을 느껴. 그때 설리번 선생님이 손바닥에다 반복해서 글을 적는데, 이때 글자로 말이라는 개념을 깨닫게 돼. 그 차가운 것의 이름이 '물(water)'이라는 걸 알게 되거든. 그 뒤 헬렌 켈러의 세상은 이렇게 바뀌었지.

나는 서둘러 우물가를 떠났다. 그렇게 모든 사물에는 이름이 있다는 걸 알게 되었다. 게다가 그 이름 하나하나가 새로운 생각을 불러왔다. 마당에서 집으로 돌아왔을 때 내 손에 닿는 모든 사물이 생명을 가지고 약동하는 것처럼 느꼈다. 처음 알게 된 마음의 눈으로 모든 사물을 새롭게 보게 되었기 때문이다.

우리는 사물의 본질이나 세상 구조의 핵심을 접하면서 새로운 세계를 볼 수 있어. 책을 읽음으로써 너도 새로운 그림을 그릴 수 있게 되지 않을까 싶다.

그러고 보니까 아직 네 그림을 본 적이 없구나.

다음에 올 때 꼭 보여 주길…….

5

집단 괴롭힘 없는 학교

다양성과 공존

"메시, 이거 가지고 교무실로 따라와."

종례를 마치자마자, 슈조가 메시에게 얘기했다. 교탁에는 반 학생들이 제출한 공책이 쌓여 있었다.

중간고사가 끝나고 동아리가 또다시 시작되었다. 시험 기간에 같이 하교하던 친구들도 동아리반으로 갔다. 메시의 클럽 팀은 시험 기간과 관계 없이 화요일과 금요일에 연습이 있었고, 주말에는 연습 시합과 공식 경기가 있었다. 오늘은 수요일이라 시간이 많았다.

슈조는 매일 아침 조례 시간에 열혈 유머를 하나씩 소개했다. 학생들은 공책에다 그 유머를 적은 다음 감상을 한 줄 이상 기록해야 했다. 그리고 일 년에 네 번 있는 지필 시험이 끝날 때마다 그 공책을 걷었다.

슈조는 매번 공책에다 학생마다 일일이 뜨거운 메시지를 적어서 돌려주었다.

"자신을 믿고 나아가라!"

"넘어지면 다시 일어나면 된다!"

요즘 시대에 너무나 뜨거운 메시지다. 학생들은 대부분 재미있다고 가볍게 받아넘기면서도, 한편으로는 어떤 메시지가 돌아올지 은근히 기대했다. 말하자면 학생 한 사람 한 사람과 슈조의 교환 일기인 셈이었다.

"네, 네, 가져갈게요."

"메시, '네.'는 한 번만 해야지."

하야토가 히죽히죽 웃으면서 메시에게 한마디 툭 던지고는 교실에서 뛰쳐나갔다.

해 질 녘까지 둑에서 얘기를 나눈 이튿날, 메시는 사이토 아저씨에게서 빌린 잡지를 하야토에게 가져다주었다. 그 후 하야토는 다시 학교에 나왔다. 갈색으로 물들인 머리칼을 스스로 염색해 부자연스러울 정도로 새까맣게 바뀌었다. 마치 아무 일도 없었던 양 학교에 나와 열심히 농구를 했다.

메시는 하야토와 훨씬 가까워진 듯한 기분이 들었다.

"하야토가 이제 기운을 차린 것 같던데? 잘됐어."

공책 더미의 절반을 나눠 든 슈조가 메시와 함께 교무실 쪽으로 가는 복도를 걸어가면서 말했다.

슈조는 키가 매우 컸다. 코어에 힘이 있고 근육이 있어서 그런지, 바짝 마른 체형인데도 자세가 곧았다. 메시는 평소에 조금 구부정하게 다니는 편이지만, 슈조 앞에서는 자신도 모르게 등을 곧게 폈다. 코어를 단련하려고 마음먹은 것도 사실은 슈조 덕분이었다. 선생님이라기보다는 정신적인 면에서 형과 같은 존재였다.

"얼마 전에 하야토와 얘기를 나누었거든요. 그 뒤로 걔도 기운을 차렸지만 저도 좀 달라진 것 같아요."

"어떤 얘기를 했는데?"

"그건 친구끼리 한 얘기라서 말씀 못 드려요."

슈조는 "얼씨구, 다 컸네!" 하면서 엉덩이로 메시를 가볍게 밀쳤다.

"으아아, 공책 떨어지잖아요. 선생님은 항상 애 같아서 큰일이에요."

두 사람은 크게 웃으면서 교무실로 들어갔다.

"어른 같은 메시한테 부탁할 게 있는데, 잠깐 저쪽 방으로 갈까?"

슈조가 교무실 옆에 있는 학생회실을 가리켰다.

"곧 학생회 임원 선거가 있어. 입후보해 보는 거 어때?"

"네?"

메시는 전혀 예기치 못한 말에 깜짝 놀랐다.

"그러니까, 누구더러 입후보를 하라는 건데요?"

"그야 메시, 너지."

메시는 사람들 앞에서 자신의 의견을 얘기하는 데 매우 서툴렀다. 자신이 의견을 말하면 다른 누군가가 의견을 제시할 기회를 빼앗는 것만 같아서 학급 회의 때도 자진해서 발언하는 일이 거의 없었다. 그래서일까? 자신은 리더감이 아니라는 생각을 늘 해 왔다.

"왜 전데요? 생각해 본 적 없어요."

"딱 적임자 같은데?"

"아닌 것 같은데요."

"왜?"

"그야 사람들 앞에서 얘기하는 거 별로 안 좋아하고."

"해 본 적은 있고?"

"……없긴 하지만 잘 못해서 안 하는 거예요. 학생 회장은 자신의 의견이 확실하거나 눈에 띄고 싶은 사람이 하는 거잖아요."

"결과적으로 눈에 띄는 건 맞는데, 그렇다고 눈에 띄고 싶은 사람이 꼭 학생 회장을 해야 하는 건 아니지 않나?"

"하긴, 그저 눈에 띄고 싶다고 학생 회장을 하는 것도 좀 그렇네요."

"그럼 어떤 사람이어야 될까?"

"좀 전에 말씀드렸지만, 자신의 의견이 확실한 사람이요."

슈조는 다그치듯 질문을 이어 갔다.

"자신의 의견이 확실한 사람은 어떤 사람일까? 자신의 의견을 남에게 강요하거나 밀어붙이는 사람?"

"으음, 그건 아닌 것 같아요. 자신의 의견을 분명하게 가지고 있지만, 다른 사람의 의견에도 귀를 기울이는 사람이 좋지 않을까 싶은데."

"좋았어. 그런 걸 잘하는 사람이 좋은 거지?"

"엣? 아, 안 돼요. 저는 다른 사람들 앞에서 말도 잘 못하고, 별 대단한 생각도 없고요. 학생 회장은 조회 시간에 학생들 앞에 서서 얘기해야 하잖아요. 전 축구할 때도 목소리 크게 내라고 감독님한테 매번 주의를 받는데……. 무리예요."

메시는 슈조의 의도에 말려든 느낌이 들어서 자신이 학생 회장에 어울리지 않는다고 생각하는 이유를 허둥지둥 늘어놓았다.

"그런 사람이 앞에 서서 이야기하는 모습을 보면 모두 용기가 생길 텐데. 축구에서도 리더십은 아주 중요해. 포지션은?"

"중앙 수비수요."

"그러면 한가운데 사령탑이잖아. 축구할 때도 학생 회장 경험이 크게 도움이 될 거야."

메시는 반박할 말이 언뜻 생각나지 않아서 잠시 입을 다물었다.

"저를 왜 그렇게 학생 회장으로 만들고 싶으신 건데요?"

"선생님은 학생회가 아주 재미있는 활동이라고 생각해. 넌 자진해서 앞에 나서지는 않지만 많은 친구들이 신뢰하고 있어. 한 걸음 물러난 곳에서 전체를 볼 줄도 알고, 입장이 다른 사람 마음도 잘 헤아리지. 그러면서도 스스로 납득하지 못하는 일에는 다른 사람들 의견에 휩쓸리지도 않아."

"과찬이세요."

"선생님은 네가 적임자라고 본다. 도전할지 말지는 네가 결정해. 하지만 그런 경험을 해 보면 세상이 다르게 보일지도 몰라. 네 속의 가능성을 한껏 끌어낼 수 있는 기회가 될 수 있어."

슈조는 한 박자 쉰 다음에 말을 이었다.

"결정은 네 몫이야."

"너무하세요."

메시는 당혹스러워하면서도 슈조가 자신을 그렇게 보고 있었다는 사실이 기쁘고 뿌듯했다.

"그럼 이번 한 주 잘 생각해 보고 다음 주에 대답해 줘. 선생님은 너라면 충분히 할 수 있다고 믿는다. 어려운 일이 있으면 선생님이 언제든 도와줄게."

그런데 다음 날, 메시네 반에서 사건이 하나 일어났다.

"이케다 체육복이 없어졌다. 혹시, 뭐 아는 사람 있나?"

슈조가 종례 시간에 학생들에게 물었다.

"안 가져온 거 아냐?"

분위기를 잘 띄우는 남학생이 한마디 툭 던지자, 곳곳에서 낄낄거리며 웃는 소리가 들렸다.

"오늘 아침에 분명히 체육복을 가져왔다고 한다."

교실이 순식간에 조용해졌다.

"지금 여기서 모두 입 다물고 있어도 체육복이 혼자 알아서 걸어 나오지는 않을 테니까, 뭔가 짚이는 게 있는 사람은 개인적으로 선생님한테 와서 말해라. 그리고 다 같이 찾아보고, 혹시라도 발견하게 되면 즉시 얘기하기 바란다."

이케다는 JICA(일본 국제 협력 기구)에서 일하는 아빠의 주재원 근무로 중학생이 되기 전까지 이 나라 저 나라를 돌아다니면서 국제 학교를 다녔다. 부모님이 일본인이라서 일본어와 영어 모두 능숙하지만, 굳이 따지자면 영어를 더 잘하는 편이었다. 조부모가 사는 이 동네로 이사 온 것은 중학교 1학년 7월이었다.

얘기할 때 간혹 영어를 섞어 말해서 처음에는 친구들이 멋있다고 부러워했다. 1학년 때는 여학생 가운데서 리더 격인 마쓰야마가 먼저 다가가서 한동안 같이 어울려 다녔다.

그러던 어느 날 갑자기 잘난 척한다며 멀리하기 시작했다. 마쓰야마와 이케다가 학급 회의 시간에 종종 충돌하는 일이 생기고 나서였다. 그 뒤로 다른 여학생들도 이케다를 멀리하기 시작했다.

이케다는 담백한 성격으로 남녀 관계없이 똑같이 대하기 때문에 이야기를 나누기가 편했다. 메시가 스스럼없이 대화를 나누는 여학생 중 한 명이었다.

오늘도 평소와 똑같은 모습으로 이케다는 등을 곧게 펴고 정면을 향해 앉아 있었다. 폰타가 뒤를 홱 돌아보면서 메시에게 목소리를 낮춰 이렇게 물었다.

"어제 농구부 여자애들이 뭐라고 소곤거리던데……. 마쓰야마가 중심이었어. 혹시 걔네 짓 아냐?"

폰타는 이케다를 마음에 두고 있었다. 농구부에 들어간 지 얼마 안 됐을 때 지구력이 부족해서 달리기 훈련을 하는데, 항상 한 바퀴 이상 뒤처졌다고 한다. 농구부 여학생들이 그 광경을 보며 비웃자 이케다가 나서서 나무랐다나.

"쉽게 단정하지는 마. 이케다를 좋아해서 걱정하는 마음은 알지만."

"누, 누가 좋아하냐? 뭔 소리를 하는 건지. 지금 그 얘기가 아니잖아."

폰타는 얼굴이 새빨개져서는 황급히 부정했다. 역시 속이 빤히 보이는 녀석이다.

그때 료가 옆에서 끼어들었다.

"근데 저번에도 이케다가 필통을 찾던데? 그때 내가 청소 당번이어서 남아 있다가 같이 찾았는데, 교실 뒤쪽 청소 도구함 위에 있었어. 아무리 생각해도 누가 숨겨 둔 거 아니겠냐, 그건……."

"그때 아무한테도 말 안 했고?"

메시가 료에게 물었다.

"이케다가 일 커지면 귀찮다고 말하지 말라고 해서."

폰타가 료를 보며 다그쳤다.

"뭐야, 너! 이케다와 둘만의 비밀이냐?"

료는 사뭇 의기양양하게 대답했다.

"뭐, 그렇다고 할 수 있지."

메시는 자못 심각한 얼굴로 말했다.

"그렇다면 점점 심해지고 있다는 거잖아."

"그치. 폰타를 위해서라도 우리가 한번 나서 볼까?"

그러더니 료는 각자의 역할을 분담했다. 료는 여학생들에게, 폰타는 남학생들에게 꼼꼼하게 캐물어 보기로 했다.

메시는 오늘 축구 연습이 없었다. 방과 후 다른 학생들이 동아리 활동을 할 때 학교 구석구석을 둘러보며 체육복을 찾아보기로 했다.

메시는 종례 후 학생들이 동아리 활동을 하러 갈 때까지 도서실에서 책을 찾는 척하며 시간을 보냈다.

"어머, 이게 누구야? 메시도 책을 빌리는구나."

사서 선생님이 메시를 발견하고서 말을 걸었다.

"아, 네. 가끔은 책이라도 읽어 볼까 싶어서요. 추천 좀 해 주세요."

책을 빌릴 생각은 전혀 없었지만 이럴 땐 분위기를 맞추는 게 상책이었다.

"지금 미야자와 겐지(1896~1933, 일본의 동화 작가이자 교육자. —옮긴이) 특별전을 하고 있어. 이쪽에 전집이 있는데, 어때?"

"음, 그럼 이걸 빌릴까?"

메시는 근처에 있는 책을 적당히 골라서 대출을 했다.

"선생님은 미야자와 겐지 작품을 아주 좋아하거든. 다음에 꼭 감상 얘기해 줘."

"네."

각 동아리 부원들이 준비 체조를 하는 소리가 들렸다. 메시는 빌린 책을 교복 주머니에 쑤셔 넣고 재빨리 도서실을 나왔다. 복도에는 아무도 없었다.

"맨 위층부터 가 볼까."

계단을 올라 3층에 도착했다. 그때 복도 끝의 비상계단으로 통하는 문 옆의 창문 너머로 뭔가 움직이는 듯한 느낌이 들었다. 메시는 걸음을 멈추고 가만히 지켜보았다. 사람들 그림자가 몇몇 움직였다.

비상계단으로 나가면 안 되는데 누가 밖에 나간 걸까? 메시는 가장 가까운 교실의 문 뒤쪽에 몸을 숨겼다. 이윽고 비상계단으로 통하는 문이 찰칵 열리는 소리가 나더니 이어서 두런두런 말소리가 들렸다. 여학생 목소리였다. 두세 명쯤 될까?

"이케다가 선생님한테 이른 거지?"

"할 수 없었겠지. 체육복이 없어졌는데……."

여학생들이 깔깔거리며 웃었다.

"근데 전혀 풀이 안 죽었던데? 걔, 진짜 맘에 안 들어."

"영어 좀 한다고 우쭐거리긴. 어휴, 열 받아. 일본어도 가끔 이상하게 하고. 분위기 파악도 못한 채 생각나는 대로 받아치질 않나? 대체 뭐 하자는 건지."

"도대체 배려심이 없단 말야."

메시는 목소리를 듣고 한 명은 누군지 바로 알아차렸다.

마쓰야마였다.

"역시."

마쓰야마는 료와 같은 초등학교를 다녔다. 료의 말에 따르면, 마쓰야마는 초등학교 때부터 공부와 운동 모두 잘했다. 반에서도 항상 친구들의 중심에 있었다. 학급 회장도 여러 번 했고, 연극을 할 때는 항상 주인공을 맡았다. 선생님도 여러모로 믿고 의지했다고 한다나.

마쓰야마는 밀어붙이는 성향이 강해서 누군가 반대 의견을 말하면 시끄러워진다는 소문이 있었다. 그렇다고 친구들이 싫어하는 일을 하는 건 아니어서 모두가 마쓰야마를 싫어하지는 않았다. 주변 사람을 잘 챙기는 면도 있으니까. 그래서 다 같이 마쓰야마의 의견을 순순히 따르면 아무 문제 없이 평온했다나.

그런데 이케다가 반에 익숙해질 무렵부터 상황이 바뀌었다. 이케다는 상대가 마쓰야마든 누구든 간에 자신의 생각과 의문을 가차 없이 표현했다. 학급 회의와 축제, 체육 대회, 합창 대회 등 반 차원에서 논의가 필요한 일이 생길 때마다 마쓰야마 뜻대로 안 되는 일이 많아졌다. 처음 겪는 이 상황에 마쓰야마는 매번 기분이 상했다. 다행히 2학년 때 서로 다른 반이 되면서 직접 부딪치는 일은 없어졌다.

메시는 목소리가 안 들릴 때를 기다렸다가 교실 문에서 살며시 고개를 내밀어 주변을 둘러보았다. 복도 쪽 계단을 내려가는 발소리가 아스라이 멀어졌다. 어떡하지? 료와 폰타를 부를까?

폰타는 농구부, 료는 간만에 핸드볼부 연습에 참가해 이런저런 정보를 얻어내고 있을 터였다. 두 사람 모두 연습 중에 빠져나오기는 쉽지 않을 것 같았다. 동아리가 끝나기를 기다리다간 하교 시간을 맞추지 못할 텐데.

슈조에게 의논할까도 생각했지만 직접 확인하고 싶어졌다. 교실에서 나와 계단의 난간 사이로 아래쪽에 사람이 있는지 확인한 뒤 비상계단으로 통하는 복도 끝으로 향했다.

문은 철사로 대충 잠겨 있었다. 열지 말라는 종이가 붙어 있긴 하지만 쉽게 열 수 있을 듯했다. 잠금장치를 풀자 찰칵 하는 소리가 났다. 생각보다 큰 소리가 복도에 울렸다.

메시는 황급히 뒤쪽을 확인했다.

"아, 떨려. 심장아, 나대지 마라."

이렇게 중얼거리면서 천천히 손잡이를 돌려 문을 밀고 밖으로 나갔다. 운동장에서 안 보이게끔 곧바로 문을 닫고 자세를 낮췄다.

"휴, 완전 스파이 영화잖아."

재빨리 주변을 둘러봤지만 아무도 없었다. 몸을 숙인 채 비상계단을 조금 내려가자 층계참에 체육복 주머니가 놓여 있었다. 주머니에 달린

열쇠고리에 알파벳으로 이름이 씌어 있었다.

"MIKA·I."

"이케다 성이 미카였나?"

메시는 일단 체육복 주머니를 품에 안고는 거의 기다시피 해서 계단을 올라간 뒤, 나왔던 문을 통해 다시 학교 건물로 들어갔다.

"이제 어떡하지?"

"그럴 때는 혼자 행동하기 전에 미리 얘기해 주면 좋았을 텐데. 비상계단은 학생들이 출입하면 안 되는 곳이야. 철사로 묶여 있었지? 혹시 철사가 빠져 있었니? 문을 열지 말라고 씌어 있지 않던? 이러면 곤란한데. 탐정이 된 듯한 기분으로 열심히 조사한 건 알겠다만."

메시는 교무실에서 슈조에게 한 차례 야단을 맞았다. 체육복은 슈조가 찾은 걸로 하기로 했다. 일이 복잡해지니까 교감 선생님한테는 비밀로 하고.

"그나저나 체육복을 찾아서 다행이네. 크게 떠들지는 못하지만 네 마음 씀씀이는 기쁘구나. 고맙다."

"이제 어떻게 하실 거예요?"

"일단 체육복은 주인한테 돌려줘야지. 근데 너라면 어떡할래?"

메시는 3층 교실에 숨어 숨죽인 채 마쓰야마를 비롯한 다른 여학생들의 목소리를 듣고 있을 때부터 줄곧 앞으로 어떻게 할지 생각하고 있었다.

"하룻밤 더 생각해도 될까요? 그러고 나서 내일 아침에 모두가 등교하기 전에 선생님과 얘기하고 싶어요."

"그래, 이케다한테는 전화로 체육복 찾았다고 얘기해 둘게. 이제 어떻게 하고 싶은지도 물어보고."

동아리는 아직도 끝나지 않았다. 메시는 운동장에서 한창 핸드볼을 하는 료에게 두 팔로 커다랗게 동그라미를 만들어 보였다.

그러고는 교문을 나와 인생당을 향해 뛰었다.

"안녕하세요?"

메시는 하마터면 사이토 아저씨와 부딪칠 뻔했다.

"아휴, 깜짝이야. 무슨 일 있니? 왜 이렇게 급해?"

"후후. 저요, 오늘 심장이 완전 콩닥콩닥하는 일이 있었어요."

"의미심장한걸. 뭐라도 마실래?"

"물 주세요."

물 한 컵을 단숨에 마신 뒤, 아저씨에게 오늘 있었던 일을 얘기했다.

"그렇구나. 아무튼 체육복을 찾아서 다행이야."

"근데 아직 숨긴 사람한테 뭘 어떻게 말할지, 반 친구들에게 이 사실을 어떻게 공유할지, 생각해야 할 일이 산더미예요."

"그래도 일단 체육복은 찾았잖아."

"그건 그런데……, 이것도 역시 집단 괴롭힘일까요?"

사이토 아저씨는 메시에게 전병을 주면서 책 이야기를 시작했다.

"이케다라는 친구 이야기를 듣다가 소설 한 편이 생각났어. 근대 소설 작가 모리 오가이의 〈잔〉이라는 작품인데."

"그거 집단 괴롭힘 이야기예요? 모리 오가이는 옛날 사람이잖아요. 옛날에도 집단 괴롭힘이 있었어요?"

"문장 속에 집단 괴롭힘이라는 표현이 나오진 않아. 하지만 아저씨는 비슷하다는 느낌을 받았어. 모리 오가이는 고작 백 년 전 사람이야. 인간은 수백 년이 지난다고 해도 별로 바뀌지 않아. 그래서 뛰어난 문학 작품은 오래도록 남는 거야. 수백 년 전에 씌어졌어도 충분히 현대의 인간관계와 사회에 비춰 보면서 읽을 수 있거든."

"〈잔〉은 어떤 얘기예요?"

"온천 숙박업소 근처 샘물에 소녀가 일곱 명 찾아와. 모두 커다란 은잔을 가지고 있어서 그 잔으로 물을 마시는데, 여덟 번째 소녀가 다가왔어. 그 애만 머리 색이랑 눈동자 색이 달랐지. 그 소녀가 거무스름한 잔으로 물을 마시려는데, 나머지 일곱 명의 소녀가 업신여기는 눈길로 쳐다보면서 자기들의 은잔으로 마시라며 내밀어. 그러자 그 소녀는 프랑스어로 이렇게 말해.

"몽 베르 네빠 끄랑(Mon verre n'est pas grand). 메 주 브와 단 몽

베르(Maïs Je boïs dans mon verre)."

차분하면서도 날카로운 목소리였다.

"내 잔은 크거나 빛나지 않아. 그래도 내 잔으로 마실게."

〔중략〕

여덟 번째 소녀의 태도에는 단호한 의지가 스며 있었으며, 오해의 여지를 조금도 남기지 않았다.

한 소녀는 조금 전에 내밀었던 은잔을 슬그머니 거두었다. 크고 반짝이는 은잔을…….

말은 통하지 않지만 의연한 태도로 자신의 의사를 상대에게 분명히 전한 거지."

"혼자서라도 자신의 의견을 또렷하게 말하는 이케다 같아요."

메시는 〈잔〉이 실린 책을 사이토 아저씨에게 달라고 해서 그 자리에서 읽었다. 불과 몇 페이지밖에 안 되는 짧은 이야기였지만 다 읽고 난 뒤에 마음이 홀가분해졌다.

"'내 잔은 크거나 빛나지 않지만 이걸로 마실게.'라는 말은 하기가 쉽지 않았을 거예요. 자신의 마음을 감추고 남들한테 맞추거나 힘껏 발돋움해서 남들을 흉내 내지 않고, 있는 그대로의 나로 살겠다고 선언하는 듯하거든요. 마치 자기 나름대로 할 수 있는 일을 하면 된다고 말해 주는 것 같아요."

"너도 그런 적이 있니?"

"어제 담임 선생님이 저한테 학생 회장 선거에 나가 보라고 하셨어요. 어제는 절대 못 할 거라고 생각했는데, 이번 일로 제가 뭔가 할 수 있는 일이 있는지 생각해 보고 싶어졌어요. 그냥 제 잔으로 마시겠다고 생각하면……, 특별히 저 자신을 그 이상으로 보여 주려 애쓰지 않아도 될 것 같아서요."

"그래."

"학생 회장에 입후보할래요. 집단 괴롭힘이 없는 학교를 만들고 싶어요. 뭔가를 제안하는 사람을 나쁘다고 여기지 않고, 누구나 자신의 생각을 말할 수 있는 학교가 되었으면 좋겠어요."

사이토 아저씨는 고개를 끄덕이면서 메시의 교복 오른쪽 주머니에 들어 있는 책으로 시선을 보냈다.

"앗, 이 책! 아까 도서실에서 빌렸어요. 뭘 빌렸더라?"

"뭔지도 모르고 빌렸어?"

"사정이 좀 있어서."

책을 꺼내 보니, 《미야자와 겐지 전집 5》라고 표지에 적혀 있었다.

"지금 너한테 딱 맞는 책을 골랐구나. 아마 그 책에 〈쏙독새의 별〉이라는 작품이 실려 있을 거야. 그것만이라도 읽어 봐."

"네, 그리고 내일 이케다와도 얘기해 볼게요. 어쩌면 이케다도 같이 학생회 일을 해 줄지 모르니까."

메시에게

오늘은 네 속에서 뭔가가 탁 튕기면서 움직이기 시작한 느낌이 들었단다. 학생 회장, 어떻게 될지 기대되는구나.

학교가 아닌, 외부 클럽 팀에서 연습을 하는 너한테는 학교와 더 깊이 관계를 맺을 수 있는 장소가 하나 더 늘어나게 되는 거지. 다른 반, 다른 학년 학생들의 다양한 생각들을 친구들과 얘기를 나누는 건 분명히 너한테 아주 유익한 시간이 될 거라 믿는다.

〈쏙독새의 별〉은 어땠니? 이 편지는 〈쏙독새의 별〉을 먼저 읽은 다음에 보거라. 스포가 있거든.

쏙독새는 못생긴 새로, 많은 새들이 싫어했어. 특히 매는 쏙독새라는 이름이 마음에 안 들어서 바꾸게 하려고 했지. 아저씨는 이름을 뺏는다는 건 정체성(존재 증명)을 빼앗는 것과 같다고 생각해. 〈센과 치히로의 행방불명〉에서도 주인공 치히로가 유바바에게 이름을 빼앗겼잖아.

정체성이 훼손되는 일은 우리 사회에서 흔히 일어나고 있단다. 물론 학교라고 예외는 아니지. 그 이유로 단정과 편견을 들 수 있어. 다양성을 인정하지 못하는 좁은 사고방식 말이야.

이 학년은 착실해. 이 반은 안 돼. 여학생은 성실해. 남학생은 부지런하지 않아. 성적이 몇 등 안에 들었으니까 괜찮아. 운동을 잘해, 혹은 못해. 머리카락 색, 언어, 피부색, 국적…….

사람들은 어떤 그룹으로 한데 묶어서 평가하는 걸 좋아해. 그러고는 자신과 다른 그룹에 속한 사람들을 경계하고 적대시하지.

이 이야기의 큰 주제는 '생명의 역할'이야. 쏙독새는 살아가기 위해서 벌레를 잡아먹어. 그런데 당장 이름을 바꾸지 않으면, 다음 날 매에게 무참히 살해당할 처지에 놓이지. 작은 생명 덕에 여태껏 부지해 온 자신의 목숨을 어떻게 할 것인가. 쏙독새는 마지막에 스스로 결정을 내려. 결국 별이 되어 불타 버리거든.

우리는 각각 다르지만 서로 연결된 채로 이 세상을 만들고 있어. 하지만 이상하다는 생각을 품는 순간, 거기서 빠져나올 수도 있지. 전에도 얘기했지만 배움으로써 자신과 세계를 바꿀 수 있으니까.

이케다는 수많은 나라를 가 봤다고 했지? 분명 그 애는 많은 가치관과 다양한 삶을 실제로 느꼈을 거야.

우리나라는 비교적 안전한 나라에 속해. 하지만 다른 나라에서는 지금도 분쟁이나 감염병, 기아로 괴로움에 빠져 있지. 학교도 못 가는 아이들이 많이 있고.

우리나라에서만 살고 있으면 학교가 세상의 전부라는 착각에 빠질 때가 있어. 하지만 세상에는 서로 다른 가치관을 가진 다양한 사람들이 살고 있지. 그것만 알아도 하루하루의 생활과 친구 관계가 다르게 보일 거야.

좀 오래되긴 했지만 《토토의 눈물》이라는 책을 꼭 읽어 봐. 토토는 구로야나기 데츠코 씨의 어릴 때 이름이야.

토토는 어릴 때부터 좀 별난 아이였어. 그 성장 과정은《창가의 토토》라는 책에 적혀 있으니까 같이 읽어 보면 좋을 거다. 아프리카의 탄자니아에서는 스와힐리어로 아이를 '토토'라고 하는 모양이더라. 이 책은 구로야나기 데츠코 씨가 만난 전 세계의 아이들에 대해 기록한 거야.

구로야나기 씨는 1984년부터 1996년까지 십삼 년간, 유니세프(유엔 아동기금)의 친선 대사가 되어 전 세계를 돌아다녔어. 이 책에는 영양실조, 감염병, 내전이나 전쟁에 휘말려 세상을 떠난 1억 8천만 명의 아이들을 생각하는 마음이 담겨 있단다.

구로야나기 씨는 마지막에 이런 얘기를 해.

내가 여러 아이들을 만나고 나서 우리나라 아이들에게 전하고 싶은 얘기가 있다.

만약 이 책에 나온 개발 도상국 아이들을 '가엽다'거나 '도와주고 싶다'고 생각한다면 지금 여러분 옆에 있는 친구에게 "우리 같이해 보자." 라고 말해 보자. "우리, 함께 살아가자."고 하면서 손을 잡아 보자.

내 초등학교, 토토의 학교에는 몸이 불편한 아이들이 있었는데, 나와 가장 친한 친구는 소아마비 남자아이였다. 교장 선생님은 한 번도 우리에게 그런 아이들을 "도와주세요."라거나 "거들어 주세요."라고 말하지 않았다. 언제나 "모두 함께해요. 같이하는 거예요."라고만 했다. 그래서 우리는 뭐든 함께했다.

누구나 친구를 원한다. 어깨동무를 하고 함께 웃고 싶다. 굶주리는 아이도 일본 아이와 친구가 되고 싶어 한다.

이게 바로 내가 여러분에게 하고 싶은 말이다.

이번 사건을 통해 너는 무엇을 느끼고 무엇을 생각했을까? 앞으로 학교 친구들과 어떻게 지내고 싶을까?

그 점을 다시 한번 확실하게 너의 말로 정리해서 학생 회장 선거 유세 때 연설을 해 보면 좋지 않을까?

6

좋아하는 사람이 생긴다면?

동경과 사랑

6월 세 번째 일요일. 오늘도 비가 온다.

고흐는 6월부터 매주 일요일마다 도심의 미술 입시 학원 기초반에 다니기로 했다. 월요일부터 금요일까지는 배드민턴부와 미술부에서 활동을 하고, 일요일은 오전 10시부터 오후 4시까지 학원 10층에서 꼼짝 않고 그림을 그렸다.

그림을 그리기 시작하면 거기에 완전히 빠지기 때문에 지금은 일 주일에 한 번만 가기로 했다. 2학년 동안은 운동도 하고 책도 보고 친구들과 정보를 교환할 시간을 확보해 시야가 좁아지지 않도록 노력할 참이었다. 물론 교과 공부도 성실하게 할 생각이다.

배드민턴 시합을 할 때 날아오는 셔틀콕에 반사적으로 몸이 반응하는 느낌과 스매싱을 날릴 때의 상쾌함도 포기하기가 쉽지 않았다. 그 모든 경험이 차곡차곡 쌓여서 언젠가 그림으로 승화되겠지?

전철역에서 미술 학원까지 십 분 넘게 걷다 보니 신발 속까지 흥건하게 젖어 버렸다. 작은 비닐우산으로는 호리호리한 180센티미터의 키를 온전히 가리지 못했다. 신발 속에서 발가락을 꼼지락거려 보아도 자꾸만 양말이 발에 달라붙었다.

고흐는 강의실에 도착하자마자 신발과 양말을 벗었다. 편의점 비닐봉지 두 장을 바닥에 깔고서 그 위에 맨발을 올렸다. 그러고는 평소처럼 데생 준비를 하기 시작했다.

학교에서 이런 행동을 하면 여학생들의 비난이 마구 쏟아졌다. 하지만 미술 학원에서는 남의 행동에 이러쿵저러쿵 참견하는 사람이 없었다. 고흐한테는 그야말로 마음 편한 환경이었다. 남들과 다르게 행동하면 오히려 좋다고 칭찬받는 일도 가끔씩 있었다.

"오, 그거 좋다. 나도 따라 해야지."

십오 분 늦게 뛰어 들어온 요시가 고흐 발밑을 보자마자 그렇게 반응했다.

강의실 자리는 먼저 앉는 사람이 임자였다. 석고상은 매번 다른 것이 중앙에 놓였고, 자신이 그리고 싶은 각도에 맞춰 자리를 잡았다. 요시는 남은 이젤 두 개 중에서 고흐 옆자리를 골랐다. 비에 젖은 가방을 옆에 쿵 하고 내려놓고선 바로 양말을 벗었다. 늦잠을 잤는지 머리카락이 사방으로 뻗쳐 있었다.

요시는 같은 학년이지만 학교도 다르고 사는 동네도 달랐다. 고흐가 기초반에 다니기 시작한 첫날부터 친근하게 말을 걸어왔다. 1학년 때부터 미술 학원에 다녀서 그런지, 강평 시간에는 항상 상위 세 명 안에 들었다.

"네 데생, 마음에 들어. 시간 내에 금방 완성할 수 있을 거야."

그러면서 새로 들어온 고흐에게 미술 도구 사용법과 학원 강사의 평판 등을 일러 주었다. 일요일 강습 때는 중간에 점심시간이 있었다. 첫날, 고흐는 도시락을 미처 준비하지 못해 요시를 따라 학원 옆에 있는 소고기 덮밥집에 갔다.

요시는 만화가 겸 영화 감독 오토모 가츠히로를 멋대로 스승으로 삼고 있었다. 만화가가 꿈이라나? 그 사실을 알고 고흐는 오토모 가츠히로의 만화《아키라》를 읽었을 때 받은 충격을 주절주절 늘어놓았다. 사실 그동안은 주변에《아키라》를 읽은 친구가 없었다.

만화, 취미, 음악, 영화……. 취향이 딱 맞았다. 학교에서도 이런 친구를 만나기는 쉽지가 않았다. 고흐도 바로 마음을 열었다. 편하게 얘기를 나누어서 그런지 벌써 오랜 친구 같은 느낌이 들었다.

"오늘도 비가 계속 오려나?"

"저녁에는 갠다던데? 그건 그렇고, 좋은 데 찾았어. 비 그치면 데려가 줄게. 오늘은 꼭 시간 내에 완성해. 알았지?"

요시는 선배처럼 의기양양하게 말하더니 서둘러 연필을 깎기 시작했다.

"야, 비 그쳤다. 오 분만 쉬자."

강평 전 십 분의 휴식 시간에 요시가 창밖을 확인하고 고흐에게 말했다.

강의실 창 너머로는 길 건너편 창문만 보였다. 하늘은 거의 안 보였지만 바깥이 조금 밝아진 느낌이 들었다.

고흐는 오늘 처음으로 시간 내에 데생을 완성했다. 오랜만에 느낀 성취감이었다.

"어디 가는데?"

"잔말 말고 따라와."

요시는 강의실에서 나가더니 엘리베이터 방향으로 빠르게 걸어갔다. 엘리베이터를 타는 줄 알았는데, 그 앞에 선 사람들을 비켜서 막다른 곳에 있는 철제문을 열었다. 고흐는 허둥지둥 그 뒤를 좇아갔다.

"이 문, 열어도 되는구나."

비에 젖은 옥외 계단을 한 칸씩 건너뛰어 올라가는 요시. 그 뒤를 좇아 올라가자 눈앞에 옥상이 펼쳐졌다.

"어때?"

요시가 뒤를 돌아보며 두 팔을 크게 펼쳤다.

비가 그치고 곳곳에 남은 구름이 바람을 따라 흘러갔다. 하늘은 파랗고 드넓었다. 정면에는 하늘 높이 우뚝 솟은 고층 건물이 보였다.

"와, 대박!"

"옥상이 개방된 거 아는 사람 별로 없어. 거의 내 전용이야. 반대쪽 경치가 더 좋아."

요시의 뒤를 따라서 건물 서쪽으로 향했다.

"어라, 오늘은 먼저 온 손님이 있네."

눈이 부셔서 잘 안 보였지만 누군가 펜스에 기대서 있었다.

"실례할게요."

요시가 장난스럽게 말하자, 그 사람은 돌아보지도 않고 대꾸했다.

"그러세요."

체구가 자그마하고 목소리가 차분했다. 머리카락은 어깨에 닿을락 말락 했으며, 통이 좁은 바지 위로 물감이 잔뜩 묻은 흰옷을 걸치고 있었다. 맨발에 신은 빨간색 운동화 위로 떨어진 파란색 물감이 물방울처럼 볼록하게 굳어 있었다.

차분한 어조에 앞치마 대신 착용한 흰옷……. 아무리 봐도 기초반의 동급생 같지는 않았다. 고3, 아니면 조금 더 위쯤 될까? 아무튼 누나처럼 보였다.

고흐는 그 누나가 혼자 조용히 지내는 공간에 흙 묻은 발로 난입한 듯해서 괜스레 주눅이 들었다.

"아, 죄송합니다."

"왜 그래, 고흐. 그럴 거 없어. 여긴 우리 모두의 장소니까 괜찮아. 그렇죠?"

요시가 그 누나에게 동의를 구했다.

"그렇지. 우리 모두의 장소야. 난 이제 내려갈 거고."

그 누나가 홱 돌아보며 이쪽으로 걸어왔다. 고흐는 새빨간 립스틱이 눈에 들어와서 자신도 모르게 시선을 피했다. 옆으로 스쳐 지나가는데 달콤한 향이 남았다.

"완전 어른이잖아? 시이나 링고(일본의 싱어송라이터.—옮긴이)야, 뭐야? 저런 사람이 학원 수강생이라고?"

요시는 그 누나의 등을 눈으로 좇으면서 중얼거렸다.

그때부터 옥상은 고흐에게 특별한 장소가 되었다.

강평은 전혀 귀에 들어오지 않았다. 정신을 차렸을 때는 이미 강평도 끝나고 요시와 고흐만 강의실에 남아 있었다.

"고흐, 오늘은 끝까지 완성했더라. 어이구, 우리 고흐! 선생님 칭찬도 받고 좋으시겠어요."

요시가 그새 다 마른 양말을 신으면서 농담을 했다.

"아, 응."

"뭐야, 그 반응은. 기껏 놀렸는데."

"어? 아, 그러네."

"뭐야? 아까 그 누나 보고 사랑에라도 빠지셨나요?"

"응. 아, 아니! 아냐, 아냐. 뭔 소리 하는 거냐? 좀 생각할 게 있어서."

고흐는 허둥지둥 수습을 하려 했다.

"이거, 이거, 냄새가 나는데. 나, 오늘은 볼일이 있어서. 다음 주에 얘기하자."

그러더니 요시는 콧노래를 흥얼거리면서 강의실을 나섰다.

"아무것도 아니라니까."

고흐는 요시의 뒤통수에 대고 큰 소리로 외치면서 다 마른 양말을 신었다. 그러고는 서둘러 집에 갈 채비를 마친 뒤 강의실에서 나와 엘리베이터 버튼을 눌렀다.

엘리베이터 문이 열리는 순간, 고흐는 돌연 생각을 바꿔 옥상으로 향했다. 왠지 그곳에 한 번 더 가 보고 싶었다. 계단을 한 칸씩 오를 때마다 심장이 점점 더 쿵쾅거렸다.

옥상에는 아무도 없었다. 고흐는 마음이 조금 놓이면서도 어쩐지 실망스러웠다. 태양은 아까보다 훨씬 더 기울어 있었다. 비가 와서 공기가 깨끗해졌는지 저 멀리 후지산이 아주 선명하게 보였다.

"기분 좋다."

옥상에 있는 벤치를 수건으로 닦은 다음 그 위에 드러누웠다. 눈앞에 하늘만 펼쳐져 있었다. 파란 하늘에 비행기구름이 둥둥 떠다녔다. 습도가 내려가면서 바람이 기분 좋게 살랑였다.

"요시, 여기 대박인데!"

고흐는 혼잣말로 이렇게 중얼거리고는 스르르 눈을 감았다.

"감기 걸려."

어디선가 그런 목소리가 들린 것 같았다. 슬며시 눈을 뜨자 어느새 하늘이 붉게 물들어 있었다.

"깜빡 잠이 들었나?"

혼잣말을 했는데 대답이 돌아왔다.

"그런가 봐."

낮에 본 누나가 아까와 똑같은 곳에서 펜스에 기댄 채 이쪽을 보며 웃고 있었다. 고흐는 허둥지둥 일어나서 자세를 바르게 고쳐 앉았다.

"고흐라고 했나?"

"엇, 어떻게?"

"아까 그 애가 그렇게 부르던데? 미술 학원에서 고흐라는 별명이라니, 용기 있네."

"아, 죄송합니다."

"칭찬이야."

고흐는 용기를 짜내어 질문했다.

"몇 학년이세요? 전 2학년인데요."

"나? 재수생."

"아아, 역시."

마음속 깊은 곳에서 절로 목소리가 흘러나왔다.

"역시라니, 너무한데? 고2가 보기에는 아줌마지?"

"아뇨, 전혀 아니에요. 누나구나 싶어서."

"후후."

더 이상 할 말이 생각나지 않았다.

고호는 벤치에 가만히 앉아서 시시각각 변하는 하늘 색을 바라보며, 행여라도 심장 소리가 그 누나에게 들릴까 봐 숨을 죽였다. 낮에 맡은 달콤한 향이 다시 흘러왔다.

"〈너의 이름은〉이라는 영화에 해 질 녘 이야기가 있었지? '거기 누구요?'라고 나에게 묻지 마세요. 9월 이슬에 젖으며 임을 기다리는 나에게. 해 질 녘은 윤곽이 흐릿해져서 그가 누군지 모르게 되는 시간이라고……. 바로 지금이 그런 시간인가 봐."

"아, 저도 그 영화 봤어요."

그다음에 무슨 말을 해야 할지 생각나지 않았다.

바람이 세졌다. 누나의 머리칼이 바람에 나부꼈다.

그 순간, 이어폰을 꽂은 작은 귀가 보였다.

"뭐 들으세요?"

"요네즈 켄시의 〈아이네 클라이네〉."

다시 침묵이 흘렀다.

고호는 이 아름다운 저녁놀 속에 그 누나와 자신, 둘만 있다는 사실이 미안해졌다. 최대한 그 자리의 공기를 흐트러뜨리지 않으려고 노력하면서 자리에서 일어났다.

"이만 가 볼게요."

"나, 케이라고 해. 또 봐. 여긴 우리 모두의 옥상이니까."

"감사합니다."

고호는 계단을 향해 조심조심 걸어갔다. 계단을 내려가기 전, 모퉁이를 돌면서 한숨을 내쉬었다. 그러고는 아무도 마주치지 않게 옥상에서 1층까지 계단을 뛰어 내려갔다.

집으로 돌아가는 전철은 역마다 정차하는 일반행을 탔다. 어느새 밖에는 어둠이 까맣게 내려앉았다. 차창에 비치는 자신의 얼굴을 가만히 쳐다보다가, 요네즈 켄시의 〈아이네 클라이네〉를 검색해 보려고 스마트폰을 꺼냈다.

고호는 가요를 제대로 들은 적이 없었다. 요네즈 켄시의 〈아이네 클라이네〉도 친구들이 듣는 것은 알았지만, 왠지 가요는 촌스럽다는 생각이 들어서 관심을 두지 않았다 .

잠시 후 유튜브에서 뮤직 비디오를 발견했다. 이어폰을 귀에 꽂고 재생을 했다. 뮤직 비디오의 애니메이션 여주인공은 케이 누나보다 조금 어린 느낌이었다.

머리 모양이 케이 누나와 비슷했다. 아마 고등학생 때는 이런 느낌이 아니었을까? 왠지 모르게 슬퍼 보였다.

당신한테 내 마음이 전부 전해지기를 바라는데

누구에게도 말 못 할 비밀이 있어서 거짓말을 해

당신이 생각하는 것보다 나는 훨씬 겁쟁이인데
왜일까 왜일까 왜일까
지워지지 않는 슬픔도 허전함도 당신과 함께라면
'이걸로 됐어.'라며 웃을 수 있다는 게 얼마나 기쁜지
눈앞의 모든 게 흐릿해지고 녹는 듯한
기적으로 흘러넘쳐도 부족해
내 이름을 불러 줘어

그동안 노랫말은 기호와 같다고 생각했다. 악기처럼 그 곡을 구성하는 음의 하나라고 여겼다. 하지만 오늘은 '노랫말'이 뜨겁고 분명하게 가슴으로 차올랐다. 케이 누나 얘기처럼 들리기도 하고, 고흐 자신의 얘기처럼 들리기도 했다.

차분한 목소리와 조용한 모습의 케이 누나한테 그동안 어떤 시간이 있었는지 알고 싶어졌다. 무슨 생각을 하는지도 궁금했다.

고흐가 처음으로 첫눈에 반한 '사건'이었다.

"사이토 아저씨!"

"그래, 어서 와."

고흐는 망설임 없이 인생당에 들렀다. 마음을 진정시키고 싶었다. 오늘 있었던 일을 사이토 아저씨한테 얘기하고 싶기도 하고 그렇지 않기도

했다. 막상 뭘 어떻게 얘기해야 할지 모르겠다.

"사이토 아저씨는 어떤 음악을 들으세요?"

"오늘은 음악 이야기인가? 클래식을 가장 좋아하긴 하지."

"아아, 클래식."

"왜 실망해? 하지만 재즈나 록, 요즘에는 힙합도 듣곤 해. 무조건 싫어하지는 않으니까. 가요도 듣고. 유튜브가 있으니까 회원 가입만 하면 얼마든지 들을 수 있잖아. 참 살기 편해졌어."

"그렇죠."

"그런데 왜?"

"전 보통 힙합을 듣거든요. 아니면 록. 전부 외국곡이요."

"오호."

"왠지 일본어로 부르는 노래는 안 멋있어요. 일본어보다 영어가 멋있게 들리는 것도 많고요."

"그렇구나."

"네, 그동안은 그랬는데. 그러니까, 그래서, 저와 취미가 같은 친구가 있는데 그 친구가 좋아하는 선배가 일본 록, 아니, 가요인가? 아무튼 지금 유행하는 요네즈 켄시 노래 같은 걸 듣는데, 그래서……."

고흐는 허공을 응시한 채 한숨을 내쉬었다. 사이토 아저씨는 조용히 기다려주었다.

"아니에요, 됐어요. 음악 얘기는……."

사이토 아저씨는 그 모습을 보고 직감적으로 알아차렸다.

"너와 음악 취향이 같은 친구가 누군가를 좋아한다는 건가?"

"글쎄요."

"글쎄, 라는 건 아직 모르는 걸까?"

"아니, 그런 건가."

고흐의 이마에 땀방울이 맺혔다.

"더워? 에어컨 켤까?"

"아, 아뇨. 괜찮아요."

사이토 아저씨는 계산대 안쪽에 놓인 상자에서 책을 한 권 꺼내 왔다.

"음악은 아니지만 이거, 오늘 막 들어온 책인데. 《예를 들면 그대 40년의 연가》라고, 가와노 유코와 나가타 가즈히로라는 부부가 부른 단가 책이야."

"단가요? 제가 제일 멀리하고 싶은 거예요. 초등학교 때 햐쿠닌잇슈(100명의 가수가 부른 노래를 한 수씩 뽑아 모은 것.—옮긴이)를 외웠는데 지금은 전부 까먹었어요."

"처음 접할 때 어떤 인상을 받는지가 참 중요하지. 싫다고 생각하면 그 뒤에도 계속 거부 반응이 생겨. 학교에서 배우는 단가는 대개 고전일 거야. 하지만 근대나 현대 단가에도 좋은 게 많이 있어. 단가는 사랑 노래가 많지. 이 책을 읽으면 단가에 대한 인상이 바뀔 것 같은데?"

"아뇨, 단가는 저와는 거리가 먼 거 같아요. 아, 참! 영화 〈너의 이름은〉

에 나온 단가, 그거 실린 책 있어요? '거기 누구요?'라고 나에게 묻지 마세요, 어쩌고저쩌고 하는 거요."

"'거기 누구요?'라고 나에게 묻지 마세요. 9월 이슬에 젖으며 임을 기다리는 나에게. 이거 일본에서 현존하는 가장 오래된 가집 《만요슈》에 나오는 건데, 그것도 한번 읽어 보면 좋을 거야."

"고맙습니다. 지금 그 책도 옛날 거예요?"

"이건 현대 단가. 대학생 때 만난 두 남녀가 결혼해서 함께 살다가 여자가 암으로 죽기까지 사십 년간 읊은 노래와 그 생활을 기록한 글이야."

아저씨는 두 사람이 만났을 무렵에 읊은 단가만이라도 읽어 보라고 했다. 고호는 그 말을 듣고 1장을 펼쳤다.

예를 들면 당신, 낙엽을 쓱 줍듯 저를 채가 주실래요?

_가와노 유코

너를 알기 전의 나를 만나고 싶어 바다로 가는 버스에 흔들린다

_나가타 가즈히로

고호의 내면에서 뭔가가 확실하게 달라져 있었다. 예전이라면 그대로 지나쳤을 노랫말이 하나하나 가슴에 와닿았다. 조금 더 읽고 싶어져서 팔랑팔랑 페이지를 넘겼다. 단가와 에세이가 섞인 책이었다.

조금 전 그 옥상에서 본 광경이 떠올랐다. 꿈인지 생시인지도 알 수 없는 그때의 감각이 되살아났다.

고호는 불쑥 아저씨에게 이렇게 말했다.

"가끔은 이런 책도 읽어 볼까 봐요."

고호은 다음 주 일요일까지 기다리지 못하고 수요일에 동아리를 쉬는 대신 미술 학원에 갔다. 여름 방학 특강 신청을 빨리 해야 한다며 엄마를 재촉해 신청서를 작성하고 수강료를 받았다.

"일요일에 갈 때 하지 그래? 굳이 오늘 거기까지 가려고?"

"빨리 안 하면 마감될지도 몰라서요."

사실은 아직 여유가 있었지만 고호는 그 옥상에 꼭 다시 가 보고 싶었다.

미술 학원 사무실에 들러 여름 방학 특강을 신청하고 엘리베이터를 탔다. 엘리베이터 버튼에 옥상을 가리키는 'R'은 아예 없고, '11'에는 가위표가 붙어 있었다.

"10층까지 가서 걸어 올라가야 하는 거구나."

오후 4시 20분. 오후반은 4시 반에 끝나고, 저녁반은 5시 반에 강의를 시작했다. 그사이에 가면 혹시 케이 누나를 만날지도 모른다는 생각이 들었다.

오늘은 날씨가 참 좋았다. 장마철 중간에 반짝 갠 날이었다. 티셔츠 위로 땀이 밸 정도로 한여름스러운 햇볕이었다.

고흐는 지난번과 같은 벤치에 앉아서 인생당에서 산《예를 들면 그대 40년의 연가》를 펼쳤다. 표지에 '당신'이나 '연가'라고 적혀 있는 것이 부끄러워서 일부러 북 커버를 씌웠다.

고흐에겐 남녀가 만나서 사랑을 하고 부모가 되어 생명을 키워 가는 모습이 너무나 미지의 세계처럼 느껴졌다. 거기에 표현된 '노랫말'의 감촉이 가슴에 와닿았던 것은 고작 1장의 중간까지였다. 그다음은 전혀 이해가 안 되었다. 그래도 '책을 읽음으로써 지금의 자신을 재확인한다.'는 신비한 감각을 처음으로 맛보기는 했다.

갑자기 책장 위로 그늘이 드리워졌다. 고개를 들자 눈앞에 케이 누나가 서 있었다.

"안녕?"

고흐는 허둥지둥 책장을 덮어 가방에 집어넣었다. 왠지 오늘은 차분히 얘기를 할 수 있을 것 같았다.

"아, 안녕하세요. 케이 누나는 오후반이에요?"

"아니, 저녁반. 낮에는 알바를 해서 학원비를 벌어야 하거든. 지난번에는 임시로 일요일 저녁반에 온 거였어. 근데 뭐 읽어?"

"아, 이건, 별거 아니에요."

"그래?"

케이 누나도 책을 들고 있었다.

"그 책은 뭐예요?"

"이거, 여기 오는 전철에서 다 읽었어. 샤넬이라고 알아?"

"명품 샤넬이요?"

"응, 그 브랜드를 만든 여성이 코코 샤넬이야. 그 사람 전기……."

"브랜드는 잘 모르는데……."

"코코 샤넬은 아주 파워풀한 여성이야. 어릴 적에 했던 고생이 모두 일하는 에너지가 됐거든. 누가 무슨 말을 해도 자신의 생각을 끝까지 밀고 나가. 그 덕분에 기존의 고정관념을 많이 깼지. 움직이기 편한 직물로 참신한 디자인의 옷을 만들어서 여성들의 자립을 후원한 사람이야."

고흐는 그동안 여학생들과 얘기해도 별로 재미가 없었는데, 케이 누나의 이야기는 매우 흥미로워서 더 듣고 싶었다.

"지금은 샤넬이라고 하면 명품 브랜드지만, 그때는 주로 깃 장식이 달린 호화스러운 드레스였지. 그 당시에 이런 말도 했어.

> 아름다운 직물은 그 자체로 아름답지만, 드레스에 돈을 들이면 그만큼 초라해진다. 장식을 떼어 버리고 간소하게 하는 것을 비참하다고 착각하고 있다. (남이 떼어 낼 바에는 스스로 직접 떼는 게 낫다.)

멋있지? 난, 디자인학과 목표라서 디자인을 떠올리는 데도 참고가 많이 돼. 여성의 삶에 있어서도 그렇고."

"선입견이 많이 뒤집힐 것 같아요. 저도 요즘 책을 읽으면서 저 자신이 바뀌고 있다는 걸 실감하고 있어요."

"샤넬도 비슷한 얘기를 했는데, 어릴 때부터 다락방에서 책을 엄청나게 읽었대. 어른이 돼서도 '한 권의 책은 한 개의 보물이었다. 아무리 시시한 책도 반드시 뭔가 하고 싶은 말이 있고 어떠한 진실이 담겨 있다.'고 했어."

"그 책, 저도 읽고 싶어요."

"빌려 줄게. 다 읽고 나서 감상 들려줘."

고호는 그 책을 두 손으로 꽉 쥐고 집으로 돌아갔다. 손에 난 땀으로 행여나 얼룩이라도 질까 봐 바지에 슥슥 문질러 닦고서 다시 쥐기를 반복했다.

이어폰에서는 요네즈 켄시의 〈아이네 클라이네〉, 〈말과 사슴〉, 그리고 〈쏘아 올린 불꽃〉이 차례로 흘러나왔다.

고호는 쓸쓸한 기분에 흠뻑 취해서 서 있기가 힘들었다. 자신이 생각하는 것과 아는 것들이 아주 미미하고 보잘것없게 느껴졌다. 나 자신의 감정조차 제대로 알지 못하고 있으니까.

마침내 세상의 입구에 선 듯한 기분이었다. 그날은 인생당에 들르지 않고 강둑에서 책을 읽기로 했다.

고흐에게

지난번에는 웬일로 음악 이야기를 했지? 아저씨는 대학에 갈 때까지는 클래식만 들었어. 아버지가 클래식 시디를 선반 가득 수집하고 계셔서 철이 들 무렵부터 자연스럽게 듣게 되었거든. 그때만 해도 가요만 듣는 친구들을 유치하다고 생각했지.

대학에 들어가서 짝사랑한 여학생은 재즈 보컬을 좋아했어. 그런데 어느 날 갑자기 그 여학생이 "넌 재즈는 안 듣나 봐. 특히 보컬이 있는 건……."이라고 하지 뭐야. 되짚어 보니 아저씨는 그 여학생 앞에서 클래식 이야기만 했던 것 같아. "클래식을 안 듣는 인간은 멍청하다."고 잘난 척을 하면서. 그래서 그 여학생이 좀 미운 소리를 한 게 아닌가 싶더구나.

아무튼 그 여학생이 아저씨와의 사이에 커다란 벽을 만든 듯한 느낌이 들어서 크게 상처를 받았어. 그 후에도 뭔가 아는 척을 하기 위해 몰래 재즈 시디를 빌려서 많이 들었지. 그 뒤로 그 여학생과는 얘기조차 못하게 되었지만.

'네 친구' 이야기를 들으니까 그때 마음이 되살아나더구나. 아저씨도 너처럼 음악을 들을 때 항상 노랫말이 방해가 됐거든. 하지만 그 뒤로는 모든 장르를 시험 삼아 들어 보았단다.

별로 관심이 없더라도 누군가가 권한다면 한 번은 반드시 들으려고 해.

가요, 트로트, 아이돌 곡도 듣다 보면 좋아할 수도 있으니까. 좋거나 싫거나 하는 건 그다음에 판단하면 되고, 자신에게 어떻게 와닿을지는 들을 때의 상태에 따라서 달라지니까. 그건 책도 마찬가지야.

그러다 보면 괜찮은 것과 좋아하는 것이 점점 늘어나게 되더라. 좋아하는 게 많아지면 그만큼 자기 자신도 윤택해지지.

얼마 전에 중학생 한 명이 책방에 와서 "요네즈 켄시 책 있어요?"라고 묻지 뭐야. 그래서 "혹시 스님이니?" 하고 되물었더니 어찌나 웃던지. 그 애가 돌아간 뒤 인터넷에서 검색해 보고는 나 혼자서 한참을 웃었어.

마침 오늘 네가 요네즈 켄시라는 이름을 말해서 들어 봐야겠다는 생각이 들었지. 몇 곡 들어 봤는데, 〈아이네 클라이네〉라는 곡이 아주 마음에 들더구나.

인간은 사랑을 하면 무방비 상태가 돼. 상대가 자신을 좋아하는지 어떤지도 모르는 상태에서 그 사람을 좋아한다는 것은 자신을 위험에 노출시키는 행위가 아닐까 싶어. 먼저 좋아한다는 감정을 품은 사람이 상처받기 쉽거든.

상대가 만약 자기를 좋아하지 않는다거나 관심이 없다는 걸 알게 되면, 자신을 강하게 부정당한 것 같고 아무 의미 없는 존재처럼 느껴지게 되니까. 자기 내면의 그런 상처받기 쉬운 부분에 시선을 돌리는 것은 분명 너한테 아주 큰 의미가 있을 거야. 아, 네가 아니라 친구 얘기라고 했지?

참, 《예를 들면 그대 40년의 연가》는 읽어 보았니? 소설이나 전기, 다큐멘터리는 아주 재미있지. 읽는 즐거움을 안겨 주고. 하지만 단가도 재미있다는 것을 꼭 알아주기 바라.

단가는 제한된 글자 수로 엄선한 말을 나열해서 지금 나 자신의 감정이나 감각을 퍼즐처럼 치밀하게 담아 가는 거야. 그건 팝이나 록, 가요도 마찬가지가 아닐까? 한정된 글자 수나 박자에 딱 맞도록 어떤 말을 넣을지 어떤 말을 뺄지 그것을 선택하는 과정에서 그 작가의 의사와 감정이 나타나니까.

그리고 한 가지만 더 얘기할까 해.

말이나 문장을 눈으로 읽지 말고 소리 내어 읽어 봐. 새로운 걸 발견하게 될 거다. 단가를 소리 내어 읽고 노래를 불러 봐. 그때 네 속에서 일어나는 일에 귀를 기울이는 거야. 소설도 한번 소리 내어 읽어 봤으면 좋겠다.

너는 벌써 네 주변에 있는 계기를 잘 포착해서 호기심을 발동시키고 새로운 일에 계속 도전하는 것 같던데……. 이미 그 요령을 안 게 아닐까 싶어. 분명 보람도 느끼고 있겠지?

아저씨는 인생당을 중고 책을 팔 뿐 아니라 손님에게서도 재미있는 것을 배우는 곳으로 만들고 싶어. 네가 책이나 음악을 추천해 주는 것도 좋아.

참, 사랑의 행방도 궁금하구나. '네 친구'의 사랑 말이야.

7

지구의 위기에 대처하는 법

환경과 인간

아침 6시. 메시는 늘 하던 대로 그 시각에 일어나 스트레칭을 했다. 그러고는 집 근처 강가를 약 3킬로미터가량 숨이 찰 정도로 달렸다.

아침 조깅은 지난봄부터 시작했다. 그때는 차가운 아침 기운에 몸이 움츠러들었지만 신록의 계절이 되면서 기분이 매우 상쾌해졌다. 이른 아침에 바람을 가르며 달리면 기분이 참 좋았다. 잠도 깨고 기운도 났다. 장마철에도 이슬비 정도엔 쉬지 않고 꾸준히 달렸다. 하지만…….

“더워, 대박 더워.”

7월 중순으로 접어들고 나서 지난 사흘간은 이른 아침의 상쾌함이 완전히 사라졌다. 습도는 높고 공기는 눅눅했다. 달리기를 마치고 스트레칭을 하면 땀이 등줄기를 타고 주르르 흘러내렸다.

“다녀왔습니다.”

메시가 땀투성이가 되어 집에 돌아왔을 때, 엄마는 아침 식사를 하고 있었다.

"엇, 엄마. 일찍 일어나셨네요?"

"아침부터 꼴이 그게 뭐니? 어서 씻어."

평소에는 조금이라도 더 자려고 애쓰는 고흐 형도 어느새 일어나 있었다. 잔뜩 헝클어진 머리 꼴이 그야말로 가관이었다.

"더워서 못 자겠어. 매미 소리도 너무 시끄럽고. 넌 이 개더운 날씨에 어떻게 뛰어다니냐?"

"얘가! 개가 뭐니, 개가?"

요즘 더위는 이상할 정도였다. 스콜(열대 지방에서 대류에 의해 나타나는 세찬 소나기.—옮긴이) 같은 갑작스러운 집중호우도 자주 있었다.

"뭔가 좀, 지구가 이상해진 것 같지 않아?"

메시는 학생 회장 선거에서 당선되었다. 체육복을 잃어버렸던 이케다는 부회장이 되었다. 각 부서의 부장들은 자진해서 입후보한, 그야말로 개성 넘치는 친구들로 구성했다.

사실은 내심 이케다가 괴롭힘을 더 혹독하게 당할까 봐 걱정이 되었다. 하지만 이케다는 선거 연설에서 해외 학교에서의 경험을 실례로 들며 "의견을 표명하는 게 왜 중요한가?"를 설명했고, 많은 학생들이 크게 공감했다. 그 뒤 마쓰야마와 그 친구들도 이케다를 더 이상 괴롭히지 않았다.

당선된 멤버들의 얼굴을 볼 겸 해서 어제 제1회 학생회를 열었다. 새 학생회의 슬로건은 '집단 괴롭힘 제로'로 정했다. 괴롭히는 사람을 규탄

할 뿐 아니라 그런 일이 생겼을 때 모두가 내 일처럼 여기려면 어떻게 해야 할지 진지하게 얘기를 나누었다.

학생회는 선후배 구분 없이 자신의 생각을 자유롭게 발언하고 의견을 교환하는 자리가 되어 있었다. 바람직한 분위기였다. 여기에는 이케다의 영향이 자못 컸다.

메시는 회의가 끝날 무렵, 환경재활용부 부장이 남긴 말이 자꾸 걸렸다. 어제 그 말과 요즘의 무더위가 겹쳐서 떠올랐다.

샤워를 하면서 또다시 생각에 잠겼다.

"걔가 했던 말, 가볍게 넘길 문제가 아니야. 안 그러면 정말 큰일 날지도 몰라."

이번에 환경재활용부 부장이 된 쇼타는 1학년이었다. 메시가 초등학교 때 소속됐던 지역 축구팀 후배로, 초등학교 저학년 때부터 메시를 항상 따라다녔다. 돌이켜보면 축구 연습에 와서도 학교 운동장 구석 풀숲에서 뱀을 잡아 친구들에게 자랑하기도 했다.

쇼타는 원래 경쟁을 별로 좋아하지 않았다. 축구도 싫어하는 것 같지 않았고, 연습에도 빠지지 않았다. 하지만 시합에 출전한 적은 거의 없었다. 연습 때도 자신이 골을 넣기보다는 다른 친구들에게 패스해서 그 친구가 공을 넣으면 함께 기뻐하는 녀석이었다. 중학생이 돼서는 곤충이나 파충류 등을 공부하고 싶다며 생명과학부 동아리에 들어갔다.

선거에서는 그런 쇼타의 인상이 완전히 바뀌었다. 작년 가을에 태풍이 닥쳤을 때 근처 커다란 강 지류가 합류 지점에서 역류를 일으켜 집이 침수 피해를 입은 사실과 그 당시 대피소의 모습을 여러 학생들 앞에서 당당하게 말했다. 그러고는 호소력 짙은 목소리로 다음 말을 덧붙였다.

"우리는 환경을 더 공부하고 생각해야 합니다. 그리고 자연재해로 피해를 입었을 때, 우리 중학생들도 지역 주민들에게 뭔가 도움을 줄 수 있는 일을 찾아봤으면 합니다."라고 호소했다.

선생님들은 중학교 학생회에서 환경 문제와 지역 방재에 대해 강조한 사람은 쇼타가 처음이라고 하면서 놀라워했다.

어제 회의가 끝날 무렵, 마지막에 한 마디씩 자신의 목표를 얘기할 기회가 있었다. 쇼타는 이렇게 말했다.

"언젠가 또 큰 태풍이 오겠죠. 중학생인 우리도 분명 뭔가 할 수 있을 겁니다. 우리 학생회는 그런 것도 함께 생각했으면 합니다."

매미 소리가 요란한 가운데 아침 조회가 시작되었다. 오늘은 새로운 학생회가 처음 인사하는 날이었다. 학생회에 선출된 학생들이 앞으로 나가서 조회대 옆에 일렬로 늘어섰다.

메시는 이름이 불리자 조회대 위로 올라가서 마이크 높이를 조절했다. 전교생의 시선을 한 몸에 받고 있었다. 난생처음 경험하는 일이었다.

"이번에 학생 회장이 됐습니다. 잘 부탁합니다."

그러고 나서 준비했던 인사말을 실수 없이 무사히 마쳤다. '집단 괴롭힘 제로'를 슬로건으로 한다는 원고를 준비한 뒤 어젯밤 내내 연습한 덕분이었다.

메시는 한동안 정면을 주시한 채 꼼짝 않고 서 있었다. 예정대로라면 인사는 여기서 끝이었다.

교정을 둘러싼 벚나무에서 매미 소리가 우렁차게 들렸다. 학생들은 "끝났나?", "아직인가?" 하고 소곤거리기 시작했다. 메시는 숨을 들이쉰 뒤 목소리를 한층 높였다. 이 자리에서 꼭 얘기하고 싶은 게 있었다.

"올해는 여러분도 아시다시피 선거에서 환경 문제와 방재에 대해 연설한 믿음직한 1학년 학우가 있습니다. 그 학우의 의견을 들으면서 그 문제에 관해서 다 같이 생각해 보고 싶습니다. 잘 부탁합니다."

쇼타와 이케다가 메시를 올려다보면서 빙긋 웃었다. 학생들 뒤에 서서 팔짱을 끼고 지켜보던 슈조도 크게 고개를 끄덕였다.

오늘은 방과 후에 축구 연습이 있는 날이었다. 승강기에서 나와 교문으로 향하는 발걸음이 바빴다. 그때 쇼타가 교문 옆 화단 속에 쭈그리고 앉아 있는 모습이 눈에 들어왔다.

"야! 쇼타, 뭐 찾아?"

메시는 큰 소리로 말한 뒤 팔을 흔들면서 다가갔다. 쇼타는 집게손가락을 입에 대더니 다시 화단으로 시선을 돌렸다.

"뭐냐? 빨리 말해 봐."

가까이 가서 등을 확 밀치자 쇼타가 앞으로 푹 고꾸라져 버렸다.

"아얏."

"앗, 미안. 일부러 그런 거 아니야."

"괜찮아요. 근데 방금 도마뱀을 놓쳤어요."

"도마뱀? 미안, 여전하네."

"너무 빨라서 못 잡겠어요. 꼬리가 파란 걸로 봐서 다섯줄도마뱀 유체였던 거 같은데. 설마 학교 화단에 있을 줄은 몰랐어요. 얼핏 꼬리를 본 것 같아서 쫓아왔거든요."

쇼타는 자리에서 일어나 교복 바지에 묻은 흙을 툭툭 털었다.

쇼타는 초등학교 축구팀 시절부터 왠지 모르게 마음이 가는 아이였다. 마이 페이스라서 곧잘 친구들에게 놀림감이 되곤 하는데도 항상 싱글벙글 웃고 있었다.

"흙, 얼굴에도 묻었어."

"아침 조회 시간에 메시 형이 그 말을 해 줘서 정말 기뻤어요. 환경과 방재 이야기요."

쇼타는 얼굴에 묻은 흙을 두 손으로 살살 털고는 화단 옆에 놔둔 가방을 집어 들었다. 예전과 똑같이 싱글벙글 웃는 얼굴이었다. 땀과 흙이 뒤섞여서 이마와 코 옆에 갈색 줄이 생겼다.

메시는 장난으로 밀친 거였는데, 쇼타를 넘어뜨린 데다 도마뱀까지 놓치게 해서 몹시 미안했다.

"집에 갈 거지? 중간까지 같이 갈래? 사실 환경에 대해 잘은 모르지만, 오늘 아침에 달리기를 하는 데 어찌나 덥던지, 이건 보통 문제가 아니라는 생각이 들더라. 원래 여름이 이렇게 더웠나?"

"작년에 저희 집이 침수를 겪고 나니까 이것저것 궁금해져서 찾아봤거든요. 그랬더니 도쿄 일 년의 평균 기온이 지난 백 년 동안 2.4도가 올라갔대요. 21세기 말에는 최고 기온 30도가 넘는 한여름이 연간 사십 일이 늘어나서 전부 칠십 일 정도가 될 거라고 하고요. 칠십 일이면 두 달이 넘어요. 그러면 곤충과 파충류가 살아가는 환경도 많이 바뀌게 돼요. 살기 힘들어질 것 같아서 걱정이에요."

"사람 걱정을 먼저 해야지. 물론 그게 너의 좋은 점이지만."

쇼타와 같이 인생당 앞을 지나가는데, 사이토 아저씨가 책방 안쪽에서 커다란 유리창 너머로 손을 흔드는 모습이 희미하게 보였다. 메시는 걸음을 멈추고 같이 손을 흔들었다.

"여기, 헌책방인 거 알았냐? 저분이 사이토 아저씨. 재미있는 분이셔."

"전부터 가 보고 싶었는데, 혼자서는 좀 뻘쭘해서."

"들렀다 갈래? 오늘은 축구 연습 가야 해서 시간이 별로 없지만."

메시는 책방 안으로 들어서며 이렇게 소리쳤다.

"안녕하세요? 친구랑 같이 왔어요."

쇼타도 덩달아 인사를 건넸다.

“안녕하세요? 쇼타라고 해요. 와, 책 엄청 많다.”

“쇼타, 어서 와요. 반가워요.”

사이토 아저씨가 반갑게 맞아 주었다.

“아아, 시원해서 기분 좋다. 에어컨 켜 놓으셨네요. 쇼타, 여긴 서서 읽어도 대환영이래.”

메시의 말에 사이토 아저씨가 환히 웃었다.

“메시야, 그 말부터 하면 쓰나? 가끔 용돈에 여유가 생기면 책도 사 줘요. 하지만 평소에는 그냥 여기서 읽어도 대환영이고. 자, 천천히 둘러봐요.”

그러고는 여느 때처럼 마실 것을 준비해 주었다.

“더우니까 시원한 보리차, 어때?”

“아싸! 잘 마실게요.”

쇼타는 이리저리 고개를 돌리면서 책장을 꼼꼼하게 둘러보았다.

“재미있어 보이는 책 있냐? 잘 살펴봐. 여기 헌책방인데 가끔은 빌려주기도 해.”

“대박! 학교 도서관에 없는 책도 있어. 만화책도 있네요.”

메시는 빙긋 미소를 지었다.

“쇼타는 책을 좋아하니까.”

쇼타는 눈앞의 책장에 꽂힌 파란색 상자에 시선을 멈췄다.

“이 상자, 책이에요? 《바람의 계곡 나우시카》라고 씌어 있는 거요.”

"지브리 영화? 우아, 엄청 크다. 원작 책이 있었어요?"

사이토 아저씨는 둘에게 보리차를 내놓고는 그 상자를 꺼내서 안을 보여 주었다.

"스튜디오 지브리의 애니메이션 영화 원작으로, 작가는 미야자키 하야오 감독. 옛날에 애니메이션 잡지에 연재된 거지."

"헤, 영화는 텔레비전에서 여러 번 봤는데 만화책으로 나온 줄은 몰랐어요."

상자 안에는 1권부터 7권까지 빼곡히 들어 있었다.

"이렇게 길어요? 그럼 영화는 그 일부라는 건가?"

쇼타는 자리를 잡고 앉아 곧바로 읽기 시작했다.

"난 축구 연습이 있어서 먼저 갈게. 넌 천천히 더 있다 가."

메시의 말에 쇼타가 고개를 끄덕였다. 만화의 세계에 완전히 빠져 있었다. 사이토 아저씨가 메시를 보며 말했다.

"천천히 더 있다 가라는 건 아저씨 대사인데? 이제 우리 책방 사람 다 됐구나."

다음 날 아침엔 전날 밤부터 이어진 큰비가 계속 내렸다. 메시는 아침 조깅을 하루 쉬기로 했다.

학교 승강기에서 나와 흠뻑 젖은 우산의 물기를 털고 있을 때, 쇼타가 메시를 발견하고 잔뜩 흥분한 얼굴로 뛰어왔다. 그러고는 숨 쉴 새도 없이 이야기를 쏟아 냈다.

"형, 이거 완전 대박이에요. 인생당에서 다 못 읽어서 빌려 와 밤중까지 계속 읽었거든요. 텔레비전에서 무심코 봤던 인상과 완전 다른 거 있지요? 뭔가 좀 더 자연과 세계가 복잡하게 얽혀 있어요. 여기 만화에는 인간과 자연이 어떻게 공존하느냐, 다툼이 무엇을 낳느냐, 좋고 나쁘다를 간단히 나눌 수 없는 게 내 안에 있다, 그런 게 씌어 있거든요. 이거, 사이토 아저씨가 형한테 빌려 줘도 된다고 하셨으니까 읽어 보세요. 너무 어려워서 한 번 읽어서는 이해가 잘 안 가는 데가 많아요. 형도 읽고 어땠는지 꼭 얘기해 주세요."

메시는 그 기세에 움츠러들었다. 쇼타는 아직 변성기도 안 지난 데다 키도 작아서 언뜻 보면 초등학생 같았다. 두 눈을 반짝이면서 이야기하는 모습이 흡사 강아지처럼 보였다. 하지만 지식은 쇼타가 훨씬 더 높을 터였다.

메시는 쇼타가 비에 젖지 않게 비닐봉지로 겹겹이 싸서 소중히 안고 온 《바람의 계곡 나우시카》를 건네받았다.

"읽어 볼게. 근데 요즘 바빠서 시간이 좀 걸릴 거야."

그렇게 대답하는 것이 최선이었다.

수학 시간에 메시는 창밖으로 억수같이 쏟아지는 비를 보다가 문득 환경 문제가 떠올랐다. 하지만 거기까지였다. 아는 게 그다지 없었기 때문이다. 아는 게 없으면 생각도 못 한다는 사실을 깨닫고 어안이 벙벙해졌다.

"내가 그동안 참 아무 생각 없이 살았구나."

그 말에 료가 폼을 재는 듯한 얼굴로 돌아보며 말했다.

"아무 생각 없이 사는 건 쉬운 줄 아냐? 우린 숨 쉬며 살아 있는 것만으로도 대단한 거다."

메시는 가슴속이 근질거렸다.

"그래, 맞아. 맞는 말이긴 한데 난 더 알고 싶어."

방과 후 메시는 비가 그친 길을 우산을 흔들면서 걸어가고 있었다. 길가의 잎들이 반짝반짝 빛을 반사하고 있다. 비닐봉지로 꽁꽁 싼 《바람의 계곡 나우시카》를 들고 가기가 몹시 불편했다. 인생당에 들러 손잡이가 달린 봉투를 얻는 게 나을 듯했다.

"안녕하세요?"

문이 열려 있었다. 우산은 우산꽂이 대신 가게 벽에 세워 놓고 안으로 들어갔다. 봉투를 받으면 곧바로 돌아갈 참이었다.

"그래, 메시, 어서 와. 어제 쇼타가 여기서 열심히 읽다가 갔단다."

메시는 손에 든 비닐 뭉치를 보여 주며 말했다.

"이거죠? 쇼타가 하룻밤에 다 읽고 나서 완전 흥분했던데요. 저한테도 읽어 보라고 아침 일찍 주고 갔어요."

“아하하. 쇼타는 아주 재미있는 애더구나. 내버려 두면 아마 밤중까지 있었을 거야. 집에서 걱정하실까 봐 빌려 줬지.”

“사이토 아저씨! 이 책, 저도 빌려도 돼요? 그리고 들고 가기 불편한데 종이봉투 좀 주시면 안 될까요?”

사이토 아저씨는 “되고말고.” 하면서 바로 비닐봉투에 넣어 주었다.

“그리고 저요, 환경 문제에 대해 별로 아는 게 없거든요. 참고가 될 만한 책이 있으면 추천해 주세요. 환경 문제는 학교에서 배운 것 같긴 한데, 제대로 생각해 본 적이 없어서요.”

“쇼타 영향인가?”

“네, 작년에 태풍 왔을 때 쇼타 집이 침수됐거든요. 대피소에서 많은 걸 느꼈나 봐요. 그래서 방재 문제도 그렇고, 중학생도 어른들한테 도움이 돼야 한다는 등 생각이 많은 것 같아요. 곤충 같은 생물들도 좋아해서 환경 문제도 잘 알고요. 후배지만 존경스러워요. 작년에 침수되었을 때 저도 자원봉사를 갈 걸 그랬어요. 저는요, 축구를 할 수 없을까 봐 그것만 걱정하고 있었거든요.”

사이토 아저씨는 고개를 끄덕이면서 책을 찾아보았다.

“오늘 《바람의 계곡 나우시카》를 주면서 나중에 감상을 들려 달라고 하더라고요. 잘은 모르겠는데, 그 애 혼자서 저를 너무 높게 보는 거 같아요. 거기에 부응할 수 있을지 걱정돼요. 그래서 환경 문제에 대해 좀 알고 싶어졌어요.”

"후배한테 멋지게 보이고 싶은 거구나?"

"간단히 말하면 그렇죠. 하지만 그게 다가 아니고요. 정말로 많이 알고 싶어요. 저도 매일 이렇게 더운 건 싫거든요."

"멋있어 보이고 싶은 게 어때서? 아저씨도 학교 다닐 때는 인기 끌려고 일부러 책을 많이 읽었는데."

"그래서 인기를 얻었어요?"

"아쉽지만, 추측한 대로지. 환경 문제라면 이 책이 제일 유명하지 않을까?"

사이토 아저씨는 《침묵의 봄》을 내밀었다.

"레이첼 카슨라는 사람이 썼는데, 미국 해양 생물학자로 환경 문제에 경종을 울린 걸로 유명해. 1962년에 이 책이 나왔으니까 아저씨도 태어나기 전이네. 지금은 사용이 금지된 화학 약품이나 합성 살충제, 농약 등이 자연 생태계와 지구에 어떤 영향을 미치는지를 써 놨어. 한 번은 읽어 보는 게 좋을 거다. 《바람의 계곡 나우시카》 원작과 함께 읽는 것도 좋은 생각이고."

사이토 아저씨는 1장 〈내일을 위한 우화〉 일부분을 소리 내어 읽어 주었다. 전 세계에서 일어나는 일들을 누구나 이해하기 쉽게 우화 형식으로 얘기한 부분의 마지막이다.

병든 세계 – 새로운 생명의 탄생을 알리는 소리는 더 이상 들리지 않

는다. 마법에 걸린 것도 아니고 적의 습격을 당한 것도 아니다. 모두 인간 스스로 자초한 재앙이다.

실제로 이런 마을이 존재하지는 않는다. 하지만 적어도 이와 비슷한 일들이 미국을 비롯한 여러 나라에서 일어나고 있다. 단지 현실에는 내가 조금 전에 언급한 재앙이 모두 일어난 마을이 없을 뿐이다. 즉, 그런 불행을 전혀 모르는 마을도 현실에 거의 없다는 의미이다.

무서운 요괴가 머리 위를 지나갔는데 알아챈 사람이 거의 없다. 아직 그건 공상 속 이야기라고 말할 수 있다. 하지만 이 재앙이 언젠가 현실이 되어 우리를 덮칠 수 있다는 걸 깨닫는 날이 올 것이다.

"이 부분을 읽으면 《바람의 계곡 나우시카》의 세계와 비슷한 느낌이지? 레이첼 카슨은 인간 활동이 환경에 해를 끼쳐서 생명과 환경의 균형이 깨졌다고 경고하고 있어. '무서운 요괴가 머리 위를 지나갔는데 알아챈 사람이 거의 없다.'는 문장에 그 생각이 담겨 있지. 인간과 자연의 싸움, 인간과 인간의 싸움, 그것들이 지구에 어떤 영향을 미치는지 자세히 써 놨어. 우리가 살아가는 지구는 이 책에 씌어진 시대를 거쳐 지금에 이른 거야. 아직 해결되지 않은 문제도 있고, 지금 읽어도 충분히 가치 있는 책이지."

"환경 문제에 공해도 포함되죠? 일본에도 있고요."

"일본에서도 실제 공해 문제는 많이 발생하고 있어. 미나마타병이라고 알려나? 화학 공장에서 나온 공장 폐수가 강으로 흘러 들어갔는데, 수은이 섞여 있어서 어패류를 오염시켰어. 그런데 그걸 먹은 사람들 몸에 수은이 축적되어서 중독성 있는 신경 질환이 나타난 거야. 미나마타에서 자란 저자가 이 문제에 관해 엮어 놓은 책이 있어. 어디 보자, 어디 꽂아 놨는데."

그러더니 사이토 아저씨는 가게 안쪽으로 가서 잠시 부스럭거리며 뭔가를 찾았다. 잠시 후《슬픈 미나마타》라는 책을 들고 왔다.

"이시무레 미치코라는 사람이 쓴 건데, 이건 다큐멘터리나 취재와 다르게 문학 작품으로 썼어. 하지만 정말이지 사실적이야. 아마 실제로 얘기하지 못한 사실도 이 책에는 현실 속 얘기로 담겨 있지."

그리고《센스 오브 원더》라는 책을 한 권 더 보여 주었다.

"아까 소개한 레이첼 카슨이 쓴 책으로는 이게 더 읽기 쉽지 않을까? 레이첼 카슨 조카의 아들, 즉 로저 크리스티와 자연 속에서 함께한 경험을 기록한 에세이야. 세상을 떠난 후에 출판된 작품이지.

아이와 함께 자연을 탐험한다는 것은 주변에 있는 모든 것에 대해 당신 자신의 감수성을 키우는 것이다. 그건 잠시 사용하지 않았던 감각의 회로를 여는 것, 즉 당신의 눈, 귀, 코, 손끝의 사용법을 다시 배우는 일이다.

분명 쇼타는 센스 오브 원더(신비함과 이상함에 눈이 휘둥그레지는 감성)를 가졌을 거다. 네 안에도 그런 감성이 분명 있을 거고."

메시는 사이토 아저씨가 가져온 책 세 권을 모두 살펴보았다. 먼저 《센스 오브 원더》부터 사기로 했다.

"계산은 나중에 해.《 바람의 계곡 나우시카》를 돌려줄 때."

"감사합니다. 쇼타한테 감상을 얘기하기 전에 아저씨가 먼저 들어 주실 수 있어요?"

"아하하! 물론 들어 주고말고. 꼭 첫 번째로 들려줘야 한다."

사이토 아저씨의 인생 편지

메시에게

우리 인간은 매일매일 많은 일에 쫓기며 살아가지. 지금 주어진 시간을 그저 미래를 위해 쓰면서 바쁘게 보내고 있달까? 그러다 보면 정말 중요한 일을 놓치는 경우가 많을 거야.

아저씨는 너와 얘기하면서 그런 생각을 했거든.

참, 쇼타를 소개해 줘서 고맙구나. 아저씨한테도 새롭고 소중한 친구가 되었어. 그리고 자신을 동경하는 후배한테 자극받아 새로운 것을 배우려는 네 모습을 보고 '나이와 상관없이 우리는 누구한테서든 배울 수 있다. 배움에 늦음은 없다.'는 걸 새삼 깨달았다.

아저씨도 아직 배우고 싶은 게 많이 있어. 헌책방은 나이를 초월해서 많은 사람들을 만날 수 있는 근사한 일이라는 생각이 들어. 아저씨도 너와 얘기를 하다 보면 자주 앗, 하고 놀랄 때가 있단다.

네가 매일 아침 달리면서 체감하는 것, 후배 쇼타의 관점을 순순히 자신의 관점으로 받아들이는 일, 그리고 새로운 것을 알고 싶어 하고 배우고 싶어 하는 마음……. 그런 것들이 모두 얽혀서 책을 읽는 일로 이어지지. 이게 바로 진정한 독서가 아닐까 싶다.

우리는 당장 눈앞의 일에만 초점을 맞추는 경향이 있는데, 환경 문제는 그 좁은 시점을 크고 넓혀 주는 주제란다. 그리고 그건 일상생활과 멀리 떨어져 있는 게 아니라 우리의 삶과 복잡하게 얽혀 있고.

쇼타가 좋아하는 곤충과 생물, 네가 좋아하는 축구를 할 수 있는 환경, 가족이 건강하게 살아가는 것, 이 세계는 모두 연결돼 있어. 네가 《센스 오브 원더》를 첫 번째 책으로 골라서 아저씨는 무척 기뻤어. 일상생활 속에서 세상을 보는 감성을 더 많이 키우기를 바라.

레이첼 카슨은 학자로서 세상을 보고, 이시무레 미치코는 자신의 주변에서 일어난 일을 보고 소설로 기록했어. 그리고 그들을 아는 주변 사람들과 책을 만드는 사람들이 그것을 많은 사람들에게 알리기 위해 출간을 했고. 그렇게 해서 우리는 우리가 태어나기 전의 사람들이 무엇을 체험하고 무엇을 생각했는지 알 수 있는 거지.

아저씨는 자연의 구조 속에서 일어나는 일과 인간의 마음속에서 일어나는 일, 어느 한쪽이 옳고 어느 한쪽은 불확실하다는 생각은 안 해. 사람의 마음이 움직이면 세상을 바꿀 수 있고, 세상이 바뀌면 사람의 마음도 움직일 수 있다고 믿으니까.

아저씨가 《슬픈 미나마타》를 소개한 이유 중 하나는, 미나마타라는 지역은 자연과 함께 살아온 어부들이 많다는 점 때문이야. 미나마타 방언으로 그곳 사람들의 일상이 전해지지. 자연에 경의를 표하지 않고 경제나 발전에만 관심을 가진 결과, 그 피해를 처음 입게 되는 사람은 언제나 약자야. 그런데 그건 약자만의 문제가 아니거든. 나중에는 모든 사람에게 영향을 미치게 되니까 .

지난번에 깜빡하고 얘기 못 했는데, 나카무라 테츠라는 의사를 아는지 모르겠구나. 아프가니스탄에서 난민들을 위해 삼십 년 넘게 구호 활동을 펼친 분이지.

그분은 의료 활동뿐 아니라 그 지역의 위생과 생활을 지원하기 위해 1600개의 우물을 파고 용수로까지 만들었어. 안타깝게도 2019년에 누군가의 총격을 받아 세상을 떠났단다.

그분이 쓴 《하늘, 함께 있다 아프가니스탄 30년의 싸움》이라는 책이 있어. 그분은 원래 국제 의료 협력에 관심이 있었던 게 아니라, 어릴 때 곤충을 몹시 좋아해서 아프가니스탄의 파미르 고원에 파르나시우스라는 나비가 있다는 사실과 그저 산이 좋아서 산악회 원정에 합류한 것이 인연이 되었다고 해.

쇼타가 생각나서 꼭 소개해 줘야겠다는 생각이 들더구나. 위대한 업적을 남긴 사람도 자신이 좋아하는 일이나 흥미가 결국엔 세상에 눈을 돌리는 계기가 됐다는 사실을 알 수 있으니까.

이 책에는 그분의 성장 과정을 비롯해서 무엇에 영향을 받았는지 자세히 나와 있어. 일본과 아프가니스탄을 오가면서 한 활동들이 세심하게 기록되어 있지.

제목의 '하늘, 함께 있다'라는 표현에 대해 책 끝에 다음과 같이 언급하고 있단다.

> 이 책에서 일관되게 얘기하는 이 날실은 우리를 뿌리 깊이 지탱해 주는 부동의 사실이다. 결국 자연에서 유리된 바벨탑은 쓰러진다.
>
> 인간도 자연의 일부다. 그것은 인간 내부에도 있고 생명의 영위를 다루는 엄연한 섭리이며 은혜이다. 우리가 살아남기 위해서는 과학과 경제, 의학과 농업, 인간이 영위하는 모든 행동이 자연과 사람, 사람과 사람이 화해하는 방법을 찾아야 한다.
>
> 그것이 올바른 문명이다. 지금은 그 목소리가 작더라도 머지않아 현재는 심판받을 것이고 커다란 조류가 될 것이다.
>
> 이것이 삼십 년간의 현지 활동을 통해 얻은 평범한 결론과 메시지다.

우리가 살아가는 이 세상은 균형이 매우 중요하단다. 흔히들 곤충의 눈, 새의 눈, 물고기의 눈으로 보는 것이 중요하다고 하는데, 그처럼 작은 시점과 커다란 시점, 일부와 전체, 그리고 시간의 흐름도 포함시켜서 보는 것이 중요하지. 그리고 올바른 판단을 하려면 배움이 필요해.

레이첼 카슨도《침묵의 봄》에서 다음과 같이 쓰고 있어.

> 내 일이라는 사실을 깨닫고 모두 주도권을 잡아야 한다. 지금 이대로 괜찮은가, 이대로 나아가도 될까. 하지만 정확한 판단을 하려면 사실을 충분히 알아야 한다.

우리는 몰랐던 사실을 알고 배움으로써 생각을 할 수 있게 돼. 그리고 판단하고 표현하며 행동에 옮길 수 있게 되고. 앞에 소개한 작가들처럼 말이지.

너와 쇼타가 장차 무엇을 배우고 생각하며 어떻게 행동할지 정말 기대가 되는구나.

산다는 것, 죽는다는 것

삶과 죽음

8

이제 막 8월에 접어든 이른 아침. 여름 방학인데도 어김없이 일찍 일어난 메시는 거실에서 스트레칭을 하고 있었다. 그때 갑자기 전화벨이 울렸다. 이 시각에 걸려 온 전화는 대부분 급한 일이었다.

엄마는 "집으로 걸려 오는 전화는 대체로 뭔가를 사라는 거니까 안 받아도 돼."라고 말하곤 했다. 그런데 오늘은 웬일로 방에서 뛰어나와 전화를 직접 받았다.

"할머니가? 오늘 바로 갈게요."

엄마는 짧은 통화를 마치고 한숨을 내쉬었다. 그러고 나서 메시에게 이렇게 말했다.

"증조할머니, 얼마 못 가실 것 같다고 뵈러 오래."

엄마가 말하는 증조할머니는 엄마의 친할머니였다.

엄마는 이미 거의 반세기를 살아온 어엿한 어른이지만 걸핏하면 "엄마는 할머니 껌딱지여서."라고 말하곤 했다. 메시나 고호가 어릴 때부터

"할머니가 그러셨어."라거나 "할머니라면 이렇게 말씀하셨을 거야."라고 하면서 '할머니 어록'을 두 아들에게 줄줄 읊었다.

그래서인지 메시와 고흐는 증조할머니를 일 년에 한두 번 정도 만나는데도 무척이나 가까운 존재로 여겼다.

"증조할머니, 설에 뵀을 때는 건강하신 것 같았는데."

"응, 하지만 폐암이시니까. 연세도 있으시고. 그나마 진행이 늦어서 수술을 안 하신다고 했는데, 7월 들어서 폐에 물이 차기 시작하셨대. 지에 고모할머니가 전화 주셨어."

지에 고모할머니는 증조할머니 딸로, 엄마한테는 고모였다. 증조할머니 건강이 악화된 삼 개월 전부터 죽 같이 지내는 모양이었다.

"그러면 오늘 증조할머니네 댁에 가요?"

"응, 가야지."

"저도 갈래요. 증조할머니 뵙고 싶어요."

"그럼 점심때쯤 출발할까? 오전 중에 하던 일 좀 마무리하고."

늦게 일어난 고흐도 같이 가기로 했다.

셋이서 오랜만에 하는 외출이었다. 요즘 메시는 축구, 고흐는 미술 학원과 동아리로 각자 바쁘게 지냈다. 엄마와 두 아들이 여행 가는 일은 거의 없었다. 1월에 증조할머니네 집에 친척들이 모였을 때도 각자 할 일을 마치고 현지에서 만났다.

이삼 일은 지낼 수 있게 짐을 꾸리고 백화점에서 작은 선물을 구입한 뒤 역으로 가서 특급 열차 표를 샀다. 그러고는 플랫폼의 계단을 종종걸음으로 올라갔다.

"둘 다, 도시락 골라 봐. 마실 것도."

홈에서 도시락을 산 뒤 열차에 뛰어들자 등 뒤에서 바로 문이 닫혔다.

증조할아버지는 어느 회사의 높은 직급에 있었는데, 정년 퇴직 후 증조할머니와 둘이서 시골로 내려갔다고 들었다. 현역 시절에 등산을 갔다가 야쓰가타케산(일본 나가노현의 스와 지역과 사쿠 지역 및 야마나시현의 경계에 있는 화산.—옮긴이)을 보고 마음에 든 나머지, "미나미알프스를 보면서 흙과 가까이 살고 싶다."며 이주를 했다나.

엄마는 도쿄에서 태어나고 자랐다. 초등학교 중반까지는 증조할아버지, 증조할머니와 같이 3대가 같이 살았고, 두 분이 이주한 뒤에는 혼자 특급 열차를 타고 거의 매주 놀러 가다시피 했다. '산이 있는 집'에서 보내는 시간이 아주 좋았다고 종종 얘기했다.

열차에 올라탄 뒤 지정석으로 가자, 엄마는 짐을 선반에 올려놓고 말없이 혼자 앉았다. 의자를 회전시켜 마주 보게 할 새도 없었다. 웬만한 일에는 별로 동요하지 않는 엄마인데 이번에는 영 기운이 없어 보였다.

메시와 고흐는 서로 쳐다본 뒤 뒷자리에 나란히 앉았다. 메시가 목소리를 낮춰 물었다.

"증조할머니 연세가 어떻게 되시지?"

"아마 아흔다섯인가. 증조할아버지보다 두 살 적다고 하셨어."

"흐음."

그 대화를 끝으로 둘은 말없이 소고기 도시락을 먹었다.

올해 아흔일곱 살이 되는 증조할아버지는 아흔을 넘기면서 했던 말을 자꾸 되풀이했다. 증조할머니는 기억력도 쇠하지 않고 본디 성격도 밝아서 증조할아버지가 같은 질문을 반복해도 짜증 한 번 내지 않고 이렇게 얘기했다.

"잊는 건 좋은 거예요. 전부 기억하면 정말 큰일이잖아."

그러면 증조할아버지도 "아이구, 그러면 안 되지." 하고는 둘이서 아하하 큰 소리로 웃었다.

증조할아버지와 증조할머니는 오카야마 출신으로 오사카에서 회사를 다니다 도쿄로 전근을 갔다. 지금은 집 앞의 작은 텃밭에 이것저것 심으며 한가롭게 지냈다. 그러다 십여 년 전에 지에 고모할머니가 근처로 이사 와서 돌보고 있었다.

차창 밖으로 녹음이 짙은 나무들과 그 아래로 흐르는 강이 보였다. 터널을 몇 개 빠져나가자 열차가 분지를 내달렸다. 시야가 열려서 하늘이 커졌다. 메시와 고흐는 그 느낌을 아주 좋아했다.

초등학생 때 여름 방학과 겨울 방학에는 꼭 이렇게 엄마와 같이 특급열차를 타고 증조할머니 집에 놀러 갔다. 그 무렵은 아직 스마트폰이 없던 시절이라 창밖을 내다보는 것이 유일한 즐거움이었다.

메시와 고흐는 그 당시 느꼈던 감흥을 오랜만에 떠올리고 있었다.

역에 도착하자 지에 고모할머니가 마중 나와 있었다.

"어서 와. 잘 왔어. 지금 좀 안정되셔서 차로 마중 나왔어."

"아아, 다행이다. 갈아타는 것 때문에 저녁에나 도착할 줄 알았는데. 참, 이거 드실 수 있을까요? 백도를 사 왔어요."

"드실 수 있을지 모르지만 좋아하실 거야, 분명히."

고흐가 들고 있던 종이봉지를 내밀었다.

증조할머니 집까지 역에서 자동차로 이십 분 정도 걸렸다.

산막 같은 집에 도착하자 증조할아버지가 보였다. 비칠비칠 걸으면서 텃밭에서 오이를 따고 있었다. 바지 주머니로 오이가 두어 개가 삐죽 나와 있었다.

"어서 와. 미국에서 이제 왔니?"

증조할아버지는 엄마가 학창 시절에 미국에서 한 달쯤 홈스테이를 했던 일이 기억 어딘가에 남아 있는지 언제나 그렇게 말하며 맞아 주었다.

최근 수년 동안은 메시와 고흐를 기억하지 못하고 있지만, 시간이 조금 지나면 텃밭 일도 가르쳐 주고 젓가락 총도 만들어 주었다. 꼭 증손자가 아니라 해도 아이라면 누구한테나 마음씨 좋은 할아버지였다.

"저, 왔어요. 미국에서 지금 막 돌아왔어요."

엄마는 굳이 부정하지 않고 싱글벙글 웃으며 대답했다.

"여기, 백도 사 왔어요."

"오오, 아주 좋아."

미국에서 가져온 선물이 백도라 해도 되는지 의문이 들지만, 증조할아버지는 항상 기뻐했다.

"할아버지, 백도만은 안 잊으시네요."

"맛있는 걸 왜 잊니?"

뭘 기억하고 뭘 잊은 건지 잘 모르겠는 대화도 많았다.

"아버지, 안에 들어가요."

지에 고모할머니는 증조할아버지한테 이렇게 말하면서 집 안으로 이끌었다.

"할머니가 침대에 누워 계신 걸 볼 때마다 왜 그러냐고 계속 물어보셔. 걱정되시는 건 알겠는데 매번 설명하기 지치긴 해."

증조할머니네는 방문 간호사가 집에 왔다. 증조할머니는 전동 침대를 일으켜서 비스듬하게 앉아 있었다. 침대를 젖혀서 누우면 기침이 멈추지 않는다고 했다.

기운은 없어도 의식은 있어서 뭐든 물으면 대답을 곧잘 했다. 코에 산소 호흡기를 착용한 채 조그맣게 웃으며 왼팔을 들었다.

"할머니, 백도 사 왔어요."

"고맙다. 할아버지가 좋아하실 거야."

원래 목소리가 큰 증조할머니지만 조그맣게 천천히 대답했다. 숨 쉬기가 괴로워 보였다. 그래도 세 사람에게 평소처럼 안고 뺨을 비비는 인사는 빼먹지 않았다. 옛날부터 서양식인 분이었다.

“어젯밤엔 좀 힘드셨어. 요즘은 식사도 못 하시고 물만 조금씩 드셔.”

방에서 나온 지에 고모할머니가 설명했다.

증조할머니는 십 남매 중 맏이로 건강이 안 좋은 어머니를 대신해서 여학생 시절부터 동생들을 돌봤다고 한다. 동생들과 그 아이들, 다시 그 아이들까지 합하면 친척들도 많고 유대 관계도 깊었다.

그날 저녁부터 다음 날까지 친척들이 끊임없이 찾아왔다. 증조할머니는 손님들이 올 때마다 가느다란 목소리로 “고맙다.”며 빙긋 웃었다.

거실은 상당히 넓은데도 그날은 마치 설날처럼 많은 친척들로 북적였다. 저녁 식사를 마치고 한 팀 두 팀 차례로 돌아갔다. 마지막에 증조할머니의 막내 동생과 증조할머니의 막내 딸 부부만 남았다. 텔레비전에서는 원자폭탄으로 세상을 떠난 사람들의 추도 방송을 하고 있었다.

여든두 살인 막내 증조할아버지가 이야기를 꺼냈다.

“우리 남매들은 오카야마에 살았는데, 셋째 스즈 누님이 히로시마에서 일을 하셨어. 그 당시엔 오사카는 공습이 있어도 히로시마는 공습이 없을 거라 했거든. 그런데 히로시마에 원자폭탄이 떨어진 거야. 온 가족이 걱정하는데, 얼마 뒤 병원에 입원했다는 소식이 날아왔어. 큰누님, 그래, 너희 증조할머니가 만나러 가셨지. 난 초등학교 입학한 지 얼마 안 됐을 때라 기억을 못 하지만."

증조할머니는 히로시마에서 간신히 동생이 입원한 병원을 찾아서 달려갔지만, 그 직전에 상태가 매우 나빠져 결국 돌아가셨다고 들었다.

"스즈 누님이 어떤 일을 겪었는지 알 수 없었다고 하면서 돌아오셨어. 스즈가 낯선 곳에서 혼자 얼마나 불안했을까, 하고 어찌나 우시던지. 너희 증조할아버지도 굉장한 분이시다. 보르네오에서 먹을 게 없으니까 정글에서 동물을 잡아먹으며 목숨을 부지하셨대. 나중에는 미국군 포로로 잡혔는데, 거기 높은 분이 사람이 좋아서 무선을 고쳐 줬더니 잘 대해 주셨다고. 적군도 아군도 똑같은 사람이라고 하셨대. 전쟁이 끝났는데 아무리 기다려도 안 돌아와서 돌아가셨나 보다 했는데, 어느 날 갑자기 아주 앙상한 모습으로 나타나신 거야. 산다는 건 정말 굉장한 거다."

메시와 고흐는 처음으로 친척으로부터 전쟁 이야기를 들었다. 그동안 제2차 세계 대전은 수업 시간에 배우는 역사적 사실에 불과했다. 원자폭탄에 대해서도 배웠지만 자신과는 무관한 일이라고 생각했다.

그날 밤, 엄마는 이불을 펴고 증조할머니 방에서 잤다. 메시와 고흐는 어릴 적 놀이방이었던 이층 다락방에서 침낭을 펴고 잤다.

새벽녘, 증조할머니의 호흡이 불규칙해지고 통증이 심해져 방문 간호사가 급히 달려왔다. 이어서 구급차가 오고 증조할머니를 들것으로 옮겼다. 눈 깜짝할 사이의 일이었다.

증조할머니는 구급 대원에게 팔을 뻗더니 숨이 끊어질 듯한 상황에서 뭐라고 속삭였다. 그때 뭐라고 속삭였는지는 나중에 구급 대원이 지에 고모할머니에게 알려 주었다.

아침 일찍부터 미안하다고 했다나? 당신이 괴로운데 구급 대원에게 마음 쓰는 사람은 처음이에요, 라고 했다는 것이다. 그 얘기를 듣고 증조할머니답다고 하면서 다 같이 웃다가 울음을 터뜨렸다.

증조할머니는 진료받던 병원에 입원했다. 그리고 그날 오후 담당 의사의 회진을 기다렸다가 "감사합니다."라는 인사를 남기고 삼십 분 뒤에 눈을 감았다.

엄마는 메시와 고흐가 보는 앞에서 큰 소리로 엉엉 울었다. 엄마가 감정을 숨기지 않고 그대로 드러내며 우는 모습은 처음이었다.

병원에서 나오자 해가 저물어 하늘이 붉게 물들어 있었다. 메시가 근처 커다란 강에서 본 저녁놀도, 고흐가 미술 학원 옥상에서 본 저녁놀도 모두 지구의 저녁놀이었다. 눈앞의 미나미알프스의 실루엣이 어제보다 크고 높이 솟아 보였다.

증조할머니의 장례를 마치고, 세 사람은 그대로 열흘 정도 야쓰가타케 산기슭에서 지냈다.

아침에 일어나면 메시와 고흐는 매일 무작정 산책을 나갔다. 와이파이가 불안정해서 스마트폰은 사용하지 못했다. 특별히 할 일이 없어서 산책만이 유일한 소일거리였다. 기요사토 고원과 가까운 그 지역은 여름에도 지내기 좋았는데, 아침 저녁엔 바람도 선선했다.

메시는 적당한 가지를 주워서 휘두르며 걸었다. 초등학교 때로 돌아간 듯한 느낌이 들었다. 지난 몇 년은 며칠씩 머무는 일도 거의 없어서 산책을 할 새도 없었다. 돌이켜보면 옛날에는 이렇게 둘이서 자주 숲을 돌아다니곤 했다.

"어젯밤에 증조할머니 책꽂이에서 《센스 오브 원더》를 봤어. 그 책, 내가 저번에 인생당에서 샀는데……."

메시가 고흐 등에 대고 소리쳤다. 초등학교 때는 키 큰 풀 너머로 보이는 고흐의 뒤통수를 놓칠까 봐 두근거리면서 죽을힘을 다해 쫓아갔다. 지금은 그럴 걱정이 없지만.

"흐음."

"마치 증조할머니가 읽으라고 하신 거 같아."

"그럴지도."

어릴 때는 고흐와 둘이서, 즉 아이들끼리 숲에 들어가는 것이 너무나 즐거워서 어쩔 줄 몰라 했다. 이파리 끝에 고인 아침 이슬을 컵에 모으기도 하고, 길이 아닌 곳을 탐험하기도 하고, 새우튀김 모양의 나무 열매를 모으기도 했다. 아, 새우튀김처럼 보인 것은 다람쥐가 갉아 먹고 난 솔방울이었다.

"앗, 새우튀김 찾았다!"

"이런 거, 되게 오랜만이다."

숲은 그때와 변함없이 그 자리에 그대로 있었다.

《센스 오브 원더》에서 읽은 세계는 아주 가까운 곳에 있었다. 단지 잊고 있었을 뿐이다. 어릴 때 가슴 두근거리며 탐험하던 감각이 바로 되살아났다. 개구리 알을 모아서 부화시키고, 곤충의 사체도 수집했다. 숲에서는 날마다 다양한 생물들이 태어나고 죽었다.

그리고 숲에서 발견한 작은 생명체들과 마찬가지로 자기 자신도 태어났다가 사라지는 생명 중 하나라는 사실이 신기했다. 이 곤충의 생명과 자신의 생명은 어떻게 다를까. 숲은 즐거운 놀이터였지만 혼자 가기에는 무서운 곳이었다. 왠지 아주 깊숙한 곳으로 가면 다른 세계로 빨려 들어가지 않을까, 하는 막연한 두려움이 있었다.

"너 말이야."

고흐가 정면을 바라보며 입을 열었다.

"전쟁 이야기, 들은 적 있었냐?"

"증조할아버지랑 증조할머니 모두 우리한테는 얘기해 주신 적이 없었잖아."

"내가 모르는 게 참 많구나 싶더라."

"응, 나도 요즘 그런 생각이 많이 들어."

"오늘 종전 기념일이잖아. 그동안 별로 신경 쓴 적 없는데, 전쟁이 안 끝났다면 어떻게 됐을까? 우리가 태어났다는 게 굉장하지 않냐?"

고흐는 갑자기 걸음을 멈췄다. 가늘고 긴 잎사귀를 뜯어서 손가락에 끼더니 커다랗게 삐~ 하고 풀피리를 불었다.

고흐는 집에 돌아온 뒤 인생당 앞을 몇 번이나 자전거로 지나다녔다. 책방 문이 계속 닫혀 있었다.

사흘째 되던 날, 굳게 닫힌 문에 종이가 붙어 있다는 것을 알아챘다.

죄송하지만 8월 한 달간 책방 문을 닫고 책을 읽겠습니다.

-주인 백

고흐는 그 메모를 소리 내어 읽고는 "글자가 너무 작잖아." 하고 투덜거렸다.

증조할머니의 죽음은 고흐가 처음 겪은, 가까운 사람의 죽음이었다. 야쓰가타케에서 보낸 열흘은 그동안 평범하게 지내던 일상을 크게 바꿔 놓았다. 죽음은 먼 것이라고 생각했지만 실은 바로 옆에 있었다. 그리고 숲에서 느낀 자연을 동네에서도 발견하게 되었다. 자신이 점점 초라해지는 듯한 느낌이 들었다.

죽음, 전쟁, 웅대한 자연을 생각하기 시작한 자신과 지난 일상 사이에

투명한 유리가 가로막혀 있는 듯했다. 친구와 라인을 해도 뭔가 어긋나는 듯한 느낌을 지울 수가 없었다. 예전과 똑같은 것을 해도 전혀 즐겁지 않고 허무함만 커졌다.

"산다는 게 뭘까?"

이제 내일부터 미술 학원 여름 방학 특강이 시작된다. 드디어 시동을 걸어야 하는데 마음이 그림을 향하지 않았다.

"사이토 아저씨는 왜 이렇게 중요할 때 쉬시는 걸까? 제발 힌트 좀 주세요."

책방의 커다란 창은 어두워서 안이 보이지 않았다. 유리에 얼굴을 바짝 붙이고 손으로 빛을 막아야 책방 안이 어렴풋이 보였다.

고호는 눈을 크게 뜨고 안을 들여다보았다. 평소에 고호가 앉는 접이식 의자가 펼쳐져 있고, 그 위에 책이 한 권 놓여 있었다. 하얀 표지로 한가운데에 별 그림 같은 것이 그려져 있었다. 아무리 눈을 크게 떠 봐도 제목이 안 보였다. 스마트폰의 불을 켠 뒤 유리창에 렌즈를 딱 붙여 사진을 찍어 화면을 확대했다.

《죽음의 수용소에서》라는 책이었다. 인터넷에서 검색을 해 보았다. 저자는 심리학자 빅터 프랭클이었고, 나치 독일의 강제 수용소 아우슈비츠의 체험을 기록한 책이라는 것을 알았다. 고호는 당장이라도 읽고 싶은 마음에 곧바로 도서관으로 향했다.

고호는 집에 돌아오자마자 방에 틀어박혀 책을 펼쳤다. 거기에는 상상을 초월하는 사실이 냉정한 시점에서 씌어 있었다. 나치 독일과 히틀러에 대해서는 세계사 수업과 영화를 통해 대충 알고는 있었다. 하지만 실제로 강제 수용소에 수용된 사람들이 어떤 생활을 하고 무엇을 느끼고 생각하며 살았는지는 몰랐다.

하룻밤 만에 다 읽은 뒤 전체를 다시 훑었다. 뭔가 답을 찾은 것 같았다.

여기서 필요한 것은 삶의 의미에 대한 물음을 완전히 바꾸는 것이다. 우리가 삶에서 무엇을 기대하는가가 아니라, 오로지 삶이 우리에게서 무엇을 기대하는가가 문제라는 것을 배우고 절망하는 사람들에게 전해야 한다. 철학 용어로는 코페르니쿠스적 전환이 필요한 것이다. 이제는 삶의 의미를 묻기를 그만하고, 우리 자신이 물음 앞에 서 있다는 사실을 알아야 한다.

삶은 날마다 시시각각 질문을 던진다. 우리는 그 물음에 답해야 한다. 올바른 답은 생각에 잠기거나 말을 논함으로써가 아니라 오로지 행동과 적절한 태도에서 나올 수 있다. 산다는 것은 이 물음에 바르게 답하고, 개인에게 부여된 과제를 완수하고, 시시각각의 요청을 만족시키기 위한 의무를 받아들이는 것이다.

"올바른 답은 생각에 잠기거나 말을 논함으로써가 아니라 오로지 행동과 적절한 태도에서 나올 수 있다."

고호는 반복해서 소리 내어 읽었다. 여기서 말하는 '올바른 답'은 지필 시험이나 입시에서 요구하는 정답이 아니었다.

> 우리는 삶의 의미라는 소박한 의문에서 이미 멀어졌고, 뭔가를 창조해서 어떠한 목적을 실현시키려고 하지 않았다. 우리한테 삶의 의미는 역시 죽음도 포함하는 포괄적인 삶의 의미이며, '삶'의 의미에만 한정되지 않는다. 괴로움과 죽음의 의미도 뒷받침하는 총체적인 삶의 의미였다. 우리는 이 의미를 찾아서 바동거리고 있었다.

고호는 압도적인 사실들을 기록한 체험 수기 앞에서 자신의 경험 따위는 정말로 보잘것없다는 생각에 충격을 받았다. 지금은 아직 그런 환경이 실감도 안 되고 결코 이해되지도 않지만, 나름대로 바동거리며 언젠가는 알고 싶었다.

고호는 사이토 아저씨에게 하고 싶은 말이 많았다. 엄마한테는 쑥스러워서 하지 못하는 말도 사이토 아저씨에게는 솔직하게 얘기할 수 있었다. 그러면서 자신의 생각이 조금씩 정리될 때가 많았다.

점심때 엄마가 외출을 했기 때문에 고호는 메시와 둘이서 국수를 먹으며 이렇게 말했다.

"인생당, 8월 한 달 동안 쉰대. 조그맣게 종이가 붙어 있었어. 책 읽고 싶으시대. 헌책방이면 언제든지 읽을 수 있는 줄 알았는데."

"뭐? 그렇게 오래 쉬신다고?"

"그리고 아빠, 다음 주에 오신대. 증조할머니 장례식에는 참석 못 했지만 참배하고 싶으시다고."

"정말? 한 이 년 만인가."

메시와 고흐의 아빠는 전장 카메라맨으로 전 세계의 분쟁지를 전전하고 있었다. 한 번 취재를 나가면 연 단위로 체류하기 때문에 엄마는 아빠를 뱃사람 같다고 말했다.

"아빠 일 말이야. 전에는 들어도 잘 몰랐는데, 이번에는 이것저것 여쭤 보고 싶은 게 있어."

"응, 나도 예전보다 할 얘기가 있을 것 같아."

메시와 고흐는 그동안 왠지 모르게 멀게 느꼈던 아빠한테 조금 다가선 듯한 느낌이 들었다.

"그래서 말인데, 아빠 만나기 전에 사이토 아저씨한테 편지를 쓸까 해. 책방에 가면 가끔 아저씨가 편지를 주셨는데 답장을 쓴 적이 한 번도 없어서. 너도 편지 받은 적 있냐?"

메시 눈이 반짝였다.

"좋아! 나도 편지를 받고서 답장을 쓴 적은 없어. 그냥 책방에 가서 얘기만 했어. 나도 지금 하고 싶은 말이 많아."

메시도 증조할머니의 죽음을 계기로 경험한 열흘간과 그로 인한 자신의 변화, 책과의 만남을 글로 남겨 놓고 싶다고 생각하던 참이었다.

"사이토 아저씨한테 이 책 좋았어요, 하고 한 권 추천해 볼까?"

"그래, 우리도 추천만 받을 게 아니라 가끔은 알려 드려야지. 그럼 편지 쓴 다음에 같이 봉투에 넣어서 보낼까? 우리가 형제라는 거 아시면 깜짝 놀라실지도 몰라."

"에이, 편지는 따로 써야지."

"그럼 각자 써서 책방 우편함에 넣어 두자."

사이토 아저씨의 인생 편지

메시와 고흐에게

두 사람에게서 처음 받는 편지구나. 정말 고맙다. 책방에는 일주일에 한 번씩 가. 그래서 알아채는 데 시간이 조금 걸렸어. 아저씨는 편지 쓰는 걸 좋아하지만 편지를 받는 것도 아주 즐거운 일이구나.

편지는 따로 받았지만 하고 싶은 얘기는 같아서 일부러 두 사람한테 같이 답장을 쓰기로 했다.

처음에 '인생당'에 찾아온 사람이 아마 메시였지? 아저씨가 책방을 막 열었을 때라 손님들이 안 와서 차츰차츰 불안해지던 때였지. 그리고 얼마

지나지 않아 고흐도 해가 진 뒤에 찾아왔고.

사실 고흐가 왔을 때 눈매가 메시와 닮았다는 생각을 했어. 하지만 관심사나 이야기하는 내용이 너무 달라서 두 사람이 형제인 줄은 몰랐지. 얘기를 나누다 보니 차츰차츰 형제가 아닐까, 하는 추측을 하기는 했지만.

이번에 두 통의 편지에 모두 증조할머니 얘기가 적혀 있어서 여러 일들이 마침내 하나로 연결되었어. 증조할머니가 돌아가신 일은 정말 가슴이 아프구나. 하지만 너희에게 아주 많은 것들을 전해 주신 근사한 분이라는 게 느껴져.

우리가 처음 만났을 때 메시와 고흐는 책을 별로 읽지 않는다고 했지? 아저씨는 그런 너희가 책을 한 권 읽을 때마다 두 눈을 반짝이면서 변해 가는 모습을 보는 게 참 즐거웠어. 그리고 너희 둘을 보면서 아저씨는 아저씨가 책에 빠져 있던 십 대 시절을 다시 떠올릴 수 있었지.

인생당을 열고 너희처럼 근사한 손님들을 만나게 되고, 이런저런 책을 추천했는데……. 지금의 나는 책을 읽으면서 너희처럼 놀라거나 기쁜 마음이 드는지 오히려 질문을 받는 느낌이 들었어.

그래서 한 달 동안 쉬면서 새 마음으로 책을 만나기로 했지. 진짜로 의미 있는 휴가였다. 방에 틀어박힌 채 일은 최소한으로 줄이고 그저 책만 읽었으니까. 그러다 책방 우편함에서 너희 둘의 편지를 발견한 거야.

너희는 너희가 살아가는 세계에서 여러 가지 경험을 하고, 무언가 알고 싶다는 흥미와 탐구심이 생기면 스스로 책을 선택해 읽고 확실하게 자기 것으로 만들고 있어. 혼자서는 말로 잘 표현하지 못하던 일도 책을 읽으면서 힌트를 찾거나 딱 맞는 표현을 만날 수도 있다는 사실을 분명 느꼈을 거라 믿는다. 누군가와 이야기를 나누듯 책을 읽다 보면 답답하게 하던 의문이나 막연하기만 하던 마음이 명료해지면서 언어로 변해 가거든.

최근 들어 깨달았는데, 아저씨가 책을 좋아하는 건 인간과 인간이 살고 있는 이 세상에 흥미가 아주 많기 때문이라는 거야. 모든 책은 누군가가 쓴 문장이야. 거기에는 누군가의 경험과 누군가가 머릿속에서 생각한 것, 누군가가 가슴 깊이 느낀 것들이 씌어 있지.

실제로는 눈에 안 보이는 공상의 세계나 상상의 세계도 문장으로 읽다 보면 머릿속에 그 세계가 펼쳐지지? 그렇게 아주 먼 옛날 사람이나 먼 나라 사람과도 마음이 통할 수도 있단다.

"인간은 참 재미있어."

"세상은 정말 근사해."

아저씨한테 책은 그런 것을 느끼게 해 주는 신기한 도구야. 작은 종이 다발 속에 무한하게 펼쳐지는 가능성을 부디 의미 있게 써 주기를 바란다.

아, 참! 너희 편지를 읽고 이런 얘기는 이제 필요없다고 생각했는데, 또 이렇게 써 버렸구나. 이래서 아저씨는 어쩔 수 없다니까!

그동안 아저씨가 소개한 고전과 만화, 다큐멘터리뿐 아니라, 연애 소설이나 SF 소설에도 그 작가가 세상이나 인간을 어떻게 바라보는지를 충분히 느끼게 하는 작품들이 아직 많이 있어.

장르에 구애받지 말고 일단 많이 읽어 보기 바란다. 처음 몇 페이지를 읽어 보고 관심 가는 부분을 대충 훑어본 뒤 흥미가 생기면 끝까지 읽어 보는 거야. 별로 끌리지 않는다면 다음에 읽으면 되고. 책과의 만남은 사람과의 만남과 같아. 타이밍이 중요하지. 그런 의미에서 우리 만남은 타이밍이 아주 좋았던 게 아닐까.

그리고 한 가지 더! 책은 분명 현재보다 과거에 씌어진 거지만, 앞으로 우리가 어떤 세계를 살아갈지, 미래를 통찰하는 망원경 역할도 한다는 거야. 그 사실을 너희도 분명히 실감할 날이 올 거다.

앞으로는 "이 책을 읽고 이런 생각을 했어요." 하고 아저씨한테도 부디 가르쳐 줘. 또 많은 책을 만나서 아저씨뿐 아니라 소중한 사람들에게도 근사한 친구를 소개하듯 책을 소개해 주고.

인생당에 언제든 마음 편히 놀러 와.

또 만나기를 기대할게.

언어에는 시대를 뛰어넘는 힘이 있다

이야기에는 힘이 있습니다. 그리고 이야기 속의 대화는 장면과 함께 마음속에 오래도록 남지요. 그동안 많은 소설과 만화 속 이야기를 읽으면서 느꼈던 겁니다.

사이토 아저씨가 딱 저라고 할 수는 없지만 비슷한 부분이 꽤 있습니다. 인생당이라는 헌책방은 저와 잘 어울리는 곳입니다. 학창 시절부터 헌책방에 거의 출근 도장을 찍다시피 했거든요. 메시와 고흐처럼요. 게다가 제가 근무하는 메이지대학교가 헌책방의 거리, 진보초와 이웃하고 있어서 지금도 자주 들른답니다.

중학생 시절부터 인생에 대해 줄곧 생각해 왔기 때문에 인생당 얘기에서 가슴에 와닿는 부분이 많습니다. 대학 교수여서 책을 추천하는 일을 많이 하는데요. 청소년들에게서 배울 점이 많다는 생각을 자주 합니다. 그런 걸 발견하는 것이 저한테는 축제와도 같아요.

이 책도 역시 저한테는 축제입니다. 여러분한테도 축제가 될 수 있다면 무척 기쁠 겁니다.

이 글을 쓰고 있는 2020년 5월 현재, 세상은 한창 코로나19와 싸우고 있습니다. 처음 낯선 곳에 들어가는 경험은 인생관에 큰 영향을 줍니다. 본문 중에 소개한 《죽음의 수용소에서》에 나온 말처럼 '우리 자신이 물음 앞에 서 있다.'고 생각합니다. 지금 이 상황이 바로 물음입니다. 이 상황을 어떻게 양분으로 삼으면 좋을지 함께 생각해 볼까요?

코로나19로 집에만 머물다가 이 책을 읽기 시작한 사람도 있을 겁니다. 정신적으로 불안정해지기 쉬울 땐 무엇을 하면 좋을까요? 맛있는 음식을 먹고, 몸을 많이 움직이고, 잠을 잘 잔다? 이 기본적인 일에 한 가지를 더하면 책을 통해 정신적 양분을 얻는 겁니다. 정신이야말로 양분이 꼭 필요하거든요.

이 책에는 사람과 사람의 인연이 나옵니다. 저 자신도 지나온 인생을 돌아보면 인연의 힘이 느껴집니다. 우연한 인연이 인생을 바꾸는 경우가 종종 있습니다. 여러분이 이 책을 읽게 된 것도 어떤 '인연'입니다.

언어에는 힘이 있습니다. 그 힘은 개인을 넘고 시대를 넘어서 전해집니다. 이 책에도 청소년 여러분에게 용기를 주는 언어의 힘이 깃들어 있기를 기대합니다. 언어의 힘을 믿고 힘차게 살아갑시다!

사이토 다카시

인생당 서점

첫판 1쇄 펴낸날 2023년 1월 31일
3쇄 펴낸날 2023년 11월 7일

지은이 사이토 다카시 **옮긴이** 김윤수
펴낸이 박창희
편집 백다혜 **디자인** 김선미
마케팅 박진호 임선주 **회계** 양여진

펴낸곳 (주)라임
출판등록 2013년 8월 8일 제2013-000091호
주소 경기도 파주시 심학산로 10, 우편번호 10881
전화 031) 955-9020, 9021 **팩스** 031) 955-9022
이메일 lime@limebook.co.kr **인스타그램** @lime_pub
홈페이지 www.prunsoop.co.kr

ISBN 979-11-92411-20-0 44830
ISBN 979-11-951893-8-0 (세트)